손주에게 들려주는 할아버지의 이야기

30배, 60배, 100배의 결실

30배, 60배, 100배의 결실

펴 낸 날   2023년 4월 28일

지 은 이   이원형
펴 낸 이   이기성
편집팀장   이윤숙
기획편집   윤가영, 이지희, 서해주
표지디자인   윤가영
책임마케팅   강보현, 김성욱
펴 낸 곳   도서출판 생각나눔
출판등록   제 2018-000288호
주   소   서울 잔다리로7안길 22, 태성빌딩 3층
전   화   02-325-5100
팩   스   02-325-5101
홈페이지   www.생각나눔.kr
이 메 일   bookmain@think-book.com

• 책값은 표지 뒷면에 표기되어 있습니다.
  ISBN   979-11-7048-556-803810)

손주에게 들려주는 할아버지의 이야기

30배, 60배, 100배의 결실

이원형 지음

목차

1. 강아지 다섯 마리

아버지가 마흔다섯이 되시고 어머니가 마흔이 되시던 1959년(기해년) 음력 6월 8일에 내가 태어났다. 소서를 지낸 한여름에 태어나 어머니께서는 힘이 드셨지만, 나는 요즈음도 여름이 더운 줄 모르고 지낸다.

큰누님께서 내가 태어나기 전 결혼을 하여 나보다 한 살이 많은 조카가 있는데 내가 태어나니 어머니께서는 자형 보기에 남사스럽다고 하시면서도 얼굴의 미소를 감추지 못하셨다고 한다. 위로 형님이 한 분으로 외동아들이시고 작은누나를 끝으로 아들 하나, 딸 둘에 생각지도 못한 아들이 태어나니 부모님께서 무척이나 좋아하셨나 보다.

어머니는 늘 젖이 모자라 쌀을 갈아 미음을 만들어 나를 먹이셨다고 한다. 큰집(큰아버지 댁)에 한 살 위인 조카가 먼저 태어나 큰집 형수님에게 젖동냥도 많이 했단다. 큰집이 가까이 있어 큰집에 가면 형수님의 젖부터 찾아 조카가 젖을 빨고 있으면 그냥 밀어내고 형수님 젖을 먹었다고 한다.

30배, 60배, 100배의 결실

그렇게 젖먹이 시절이 지나고부터 어머니께서 명주(비단, silk)로 옷을 지어 입히셨다. 호주머니에는 밤이며 대추며, 겨울에는 곶감을 간식으로 넣어주어도 잘 먹지 않고 다니다 누나나 형이 달라고 하면 다 줘버리는 등 먹는 것에는 별반 욕심이 없었다고 한다. 풍족하지 못한 농부인 아버지와 한 상에서 밥을 먹으며 보리밥에 섞인 쌀밥 몇 톨은 누나와 형 몰래 아버지의 그릇에서 나의 그릇으로 옮기기 일상이고, 그 쌀이 섞인 밥도 오감일 텐데 밥 또한 관심조차 없이 딴청을 부리고 괜한 트집으로 떼쓰기와 고집을 부리고 우는 것이 무기인 막내의 비위를 맞추느라 하루를 보낸다. 누구에게든지 시비를 걸어 한 번 울기 시작하면 한나절이 가는지라 우는 것을 노래 삼아 듣던 누나들과 형이 '개막내이(개구쟁이 막내)'라고 별명을 붙이고 놀리기 일상이다.

"개막내이…! 다듬잇방망이 어디 있는지 알아?"
"으응? 큰방 장롱 옆에 있잖아…! 이~ 이~ 이~ 잉, 왜?"
"다듬잇방망이로 옆집에 우는 애 있으면 혼내주려고!"

우는 것도 잠시, 명주로 지은 한복을 차려입은 조그마한 아이가 뒷짐을 지고 어슬렁거리며 동네 여기저기 나타나면 개막내이 왔다고 웃으며 밥은 먹었는지 묻고, 추자(호두)나 밤이나 무슨 주전부리든 좀 주려고 귀히 여기며 놀려먹는다.

1. 강아지 다섯 마리

"현아… 뱀, 용, 토, 한번 해봐."

"나이를 알아야 할 수 있어요."

"그래? 내 나이가 100살인데 무슨 띠야?"

"100살까지는 못 세는데요."

"하하하, 진짜는 45살인데 무슨 띠야?

조그마한 손가락으로, '뱀, 용, 토, 범, 소, 쥐, 돼, 개, 닭, 원, 양, 말'을 몇 번이나 헤아려,

"원숭이띠예요!"

"그래, 맞았다. 원숭이라고 하지 않고, 잔나비띠라고 해야 한단다."

나는 그때 원숭이를 잔나비라고 부른다는 것을 알았다.

내 나이 대여섯 살 때 누구에게인지 '띠 짚는 법'을 배웠고, 어린애가 띠 짚는다니 신기한지 '몇 살인데, 무슨 띠냐'고 물으면 나이를 세면서 띠를 짚어 '무슨 띠'라고 대답하면 어른들은 좋다고 웃으시던 기억이 있으나 한 편으로는 똑똑하고 야무지니 동네 다른 아이들의 미움을 사기도 하고 개막내이라고 같이 놀아주지 않아 속상한 적도 많았다.

어느 날 우리 집 황구가 새끼를 다섯 마리 낳았다. 또래 친구가 별로 없었던 동네에 강아지가 다섯 마리나 태어났으니 얼마나 기뻤는

지 황구 집에 들어가 노는 정도였다. 밥도 내가 주고, 내 밥까지 황구를 먹일 정도로 지극정성으로 돌보고, 큰집, 작은집, 앞집, 뒷집 등 집성촌의 모두가 할배, 할매, 아재, 아지매로 부르며 거의 일가친척이던 동네에 며칠을 자랑하고 더 자랑할 곳이 없었는데 일요일이 되었다. 그때도 교회에 가면 어린이반이 따로 있었고, 선생님이 출석부로 이름을 부르고 대답을 하면서 헌금 바구니에 헌금을 넣었다고 한다.

드디어 주일 예배 시간이 되었다. 일찍 교회에 가서 어린이반 자리에 앉아 다른 친구의 이름을 부를 때 어머니께서 쥐여준 일 원짜리 지전을 얼른 헌금 바구니에 넣고 내 이름을 부르자마자,

"선생님, 우리 집에 강아지 다섯 마리 낳았어요!"

지금의 경북 포항시 북구 기계면 현내동은 기계면 소재지로 동네 앞으로 어래산과 봉좌산 운주산과 동네 뒤로는 두봉산 배미산 비학산이 둘러쳐 있고, 동네 가운데는 동 숲, 서 숲, 남 숲, 북 숲이 울창하고 형산강의 지류인 기계천이 흘러 물 맑고 산 좋고 인심 좋은 고장이다. 우리나라 지도상 동해의 호랑이 꼬리 부분의 바다는 영일만이라 부르며, 포항시를 둘러싸고 있는 지역이 경북 영일군이라 불리던 내 고향 '영일(迎日)'인 것이다.

2. 나의 살던 고향은

나의 고향, 태어난 곳은 경북 영일군으로 현재 행정구역 상 경북 포항시 북구 기계면이다.

1494년 조선 제9대 국왕인 성종이 승하하시고 연산군 시절 기계 현으로 입향하신 우리 윗대 할아버지의 휘(諱)는 말(末)자 동(仝)자 요, 자(字)는 자(子)자 원(源)자요, 호(號)는 도(桃)자 원(源)자를 쓰시 는 '도원공(桃源公)' 할아버지이시다.

도원공 할아버지께서는 어지러운 세상에 낙향하시어 후학을 양성 하고자 가까운 안강 옥산서원을 비롯하여 안동 도산서원과 교류를 하셨다고 한다. 그 영향으로 도원공 뒤를 이어 8대조 한와공(閑窩 公) 할아버지께서 「한와집(閑窩集)」을 남겨 유교적 전통을 계승하시 고, '황산군수'라는 칭호를 받는 한와공의 아랫대 할아버지께서 기계 현감으로 부임하셔서 고을을 다스리셨다. 또한, 황산군수는 지금으 로부터 백여 년이나 앞선 윗대 할아버지시고, 나의 배필을 맞이할 때 큰 영향을 끼친 분이시기도 하다.

입향조 도원공께서는 후학 양성에만 노력을 기울이신 것은 아니며, 민초들의 생활에도 관심을 가지시고 자신의 밥상에 반찬 세 가지 이상은 못 올리게 하셨다고 한다. 또한, 조선 시대 과거시험 생원시의 시험과목인 『사서(四書)』, 『삼경(三經)』뿐 아니라 소학, 효경, 삼강행실을 비롯하여 유교적인 장례문화와 제례문화, 생활문화까지 마을 곳곳의 서당을 통하여 전하기도 하시고, 도원정과 운서정과 삼우정 등 집안의 정자와 이웃 마을을 통하여 타성바지의 후학 양성에도 관심을 기울이시고, 이타주의를 실천하시며 여생을 보내셨다.

또한, 도원공 할아버지는 기북현에서 내려오는 기계천의 홍수가 잦아 물길을 돌리기 위하여 사방으로 숲을 일구셨다. 기북에서 오는 물을 막고자 서 숲을 일구시고, 고을의 평화와 안녕을 기원하시며 애쓰신 것으로 전해 오고 있다. 동학란 당시 숲속의 현청이 불타고 마을 곳곳의 정자와 향교가 6·25 동란으로 불태워져 아쉬운 마음이 간절하고, 지금은 두봉산 아래 남아있는 북 숲의 '도원정사'와 앞산의 '운서정', 서 숲의 '삼우정'이 입향조 도원공의 발자취를 후손들에게 전해주는 것이다.

본래 월성(月城)이 본관인 월성 이씨— 경주 이씨(慶州李氏) —의 시조는 신라 6부 중 알천 양산촌(閼川 楊山村)의 촌장인 표암공(瓢巖公) 알(謁)자 평(平)자 이시다. 신라 6부의 대표 회의인 '화백(和白)'의 의장이셨고, 6부 촌장들과 함께 박혁거세를 신라의 시조로 추대하였다고 전한다.

월성 이씨의 계보는, 시조로부터 조선말 발견된 35대 실전 세계를 사실로 가정하고 시조 이알평이 1세, 신라 시대 소판공 벼슬을 한 중시조(中始祖) 이거명(李居明)은 36세가 된다. 중시조를 1세(世)로 하여 현재의 항렬로 보면 나의 항렬인 '형(炯)'자는 40세가 된다.

500년이 지난 지금, 도원공 할아버지에서 나에게 흐르는 뿌리를 살펴보면 도원공의 손자는 세 분이 계셨고, 삼 형제가 각각 종파(宗派), 중파(中派), 계파(系派)로 나뉘어 현재까지 기계면에는 3파가 존재한다. 나는 그 중의 중파(中派)인 첨추공파에 속하여 부친 '상(相)자 학(學)자', 조부 '상(祥)자 우(雨)자', 증조부 '종(鐘)자 태(台)자'가 나의 뿌리이다.

도원공께서 기계(杞溪)에 입향하여 3개 파가 점점 번성하면서 세월이 흐르고 흘러 기계하면 월성 이씨보다는 '기계 이씨(杞溪 李氏)'라는 새로운 본관 아닌 본관으로 부르기도 한다.

그 후 기계에서는 우리나라 대다수와 마찬가지로 집집마다 유교적인 전통에 따라 명절 제사를 포함하여 조상님이 돌아가신 날 모시는 기제사로 조상을 모시는 집이 대다수였고, 교회에 다니는 가정이 별로 없었다. 어머니께서는 누구의 전도를 받으셨는지 교회를 나가셨고 나 역시 모태신앙으로 태어나 교회를 가까이하며 자랐고, 나뿐 아니라 누님들과 형님도 교회에 나가셨다고 한다.

당시 어려운 살림에도 교회에 열심히 봉사하던 형님께서 목사님의 추수감사절 설교에 감동하여 벼 한 섬을 헌금하기로 작정하여 아버님이 꽤 곤란한 적도 있었다고 하나 어머님의 설득에 어쩔 수 없이 헌금한 것을 오래도록 우리 가족들이 웃으며 이야기한 적이 있다.

무슨 사정이었는지 아버님께서는 과거 할아버지가 사시던 미현 안재내미로 이사 가시기로 하여 기계면 현내동에 살던 우리 집은 교회가 없는 산골로 이사하였고 나도 교회를 떠났다.

안재내미는 내가 태어난 현내에서 약 이십 오리(10km) 정도 되는 산골로, 모두 열 집이 살고 있었다. 이 마을 역시 월성 이씨 집안이 대다수며, 모두가 할배, 할매 아니면 아재, 아지매로 불리는 집성촌이었다.

산골이라 논은 볼 수가 없고 모두가 개간한 언덕배기 밭이고, 작물은 보리와 밀, 옥수수와 감자, 담배 농사와 삼 농사, 한지의 재료인 딱나무로 소득을 보태는 첩첩산중의 산골 마을이다. 평지 논이 없다 보니 쌀은 구경하기 더 어려웠고, 감자와 옥수수를 넣은 보리밥이 주식이었다. 큰누나는 가끔 오셨으나 내가 태어나기 전 결혼을 하였기에 가까운 곳에서 사시고, 작은 누나에게 한글을 배우기 시작했다. 집안이 넉넉하지 않아도 안채와 사랑채가 있었다. 안채의 큰방에는 어머니와 누나가 지내고, 작은방은 형이 지내고, 나는 아버지와 같이 사랑채에서 지냈다.

3. '개막내이' 학교 가다

어느 날 새벽 무렵 아버지가 거처하시는 사랑방(나는 주로 여기서 놀고 잠을 잔다.)으로 안채에서 거하시는 어머니가 건너오셔서 아버지와 도란도란 이야기를 나누시는 소리가 잠결에 들려온다.

"임자, 우리 현이 내년에 학교 가는데 한글 공부는 잘하고 있소?"
"네, 현이가 재주가 있어 곧 한글을 뗄 수 있다고 지 누나가 말하네요."
"허허…, 나를 닮아서 재주가 있나 보구려, 껄껄껄."
"아니 무슨 말씀을…, 현이는 외탁을 하여 재주가 있는 거랍니다. 호호호."

아버지와 어머니는 늘 서로를 공대하신다. 아버지께서 어머니를 함부로 대하거나 큰소리를 하시는 것을 본 적이 없다. 아버지께서는 어머니가 밭에 나오시면 늘 먼저 집에 들어가라고 하신다. 나는 어머니와 같이 밭에 가면 빨리 올 수 있으니 어머니만 졸졸 따라다닌다. 아버지와 있으면 자꾸 나에게 심부름을 시키시기 때문이다. 소를 여기저기 몰고 다니며 풀을 뜯게 하시고, 소풀을 한 망태기씩 넣어 무거운데 자꾸 지고 가자고 하신다. 그리고 어둑어둑해져야 집으로 가자 하시니 늘 꾀를 부리기도 하고, 어머니를 따라 집으로 먼저 오기도 한다.

얼마 후 나는 한글을 떼고 구구단을 외우기 시작했다. 아버지께서는 내가 한글을 떼었다고 온 동네에 자랑하시고 외가댁에까지 가서 자랑하셨다. 이듬해 기동국민학교(현재는 기동 초등학교) 1학년에 입학을 하였고, 십 오리(6km)나 되는 산길을 따라 학교에 다니기 시작했다. 크레용이 없어 미술 공부는 못해도 무사히 1학년을 마치고 우등상을 탔다.

"현아…! 학교 가자!"

2학년에 진학하여 아직도 날이 어수룩한데 보우와 현우가 싸리문 밖에서 기다린다.

새벽같이 깨우시던 아버지는 턱골 밭에 가시고 밥 먹으라는 엄마의 성화에 못 이겨 겨우 일어나 모래 같은 보리밥 한 숟가락을 입에 넣던 참에 학교 가자는 친구들의 부름에 얼른 일어나 책보를 등에 지고 걷어차듯 삽작문을 나섰다. 밥 더 먹고 가라는 엄마의 소리를 귓등으로 날리고 벌써 저만치 가는 친구들을 따라 뛰었다. 등 뒤의 책보에서 달그락거리는 소리가 난다. 아마 또 연필이 부러져 양철 필통에서 나는 소린가 보다.

안재내미(미현동)는 동네 이름과 같이 '재 넘어 마을'이라는 뜻의 산골이다 보니 평지보다 내리막길이 더 많아 걸어간다고 해도 저절로 뛰어가듯이 걸음이 빨라지는 산길을 따라 학교로 가는 것이다.

동네 입구의 연못을 지나 붉은디(붉은 언덕)를 뒤로하고 몇 구비 산길을 돌고 돌아 얼마쯤 더 내려가면 큰 기와집이 있고 담 밖으로 조그마한 작은 기와집이 있는데, 여기를 큰 옥골이라 부르고 산 넘어 또 작은 옥골이 있다. 큰 옥골은 문중의 산을 지키고 제사를 준비하는 산지기가 사는 집인데, 산지기는 내 친구 정락이 아버님이고 정락이가 사는 집이다. 정락이는 큰 옥골에서 좀 더 산 아래 미현 애들과 같이 학교에 가는 데 오늘은 늦었는지 우리와 같이 학교로 간다.

"정락아, 오늘은 왜 늦었어?"

학교 공부는 뒷전이고, 어제 턱골에 새집 찾으러 가던 일, 땅골에 소먹이러 갔다가 머루와 다래를 따 먹고 감자 쌍곳해 먹던 일, 소꼴이 어디에 많다고 자랑하고 송이밭을 봐두었는데 오후에 송이를 따러 가자고 하기도 하는 등 나와 친구들 셋이 큰 옥골을 지나 미늘(미현) 마을에 가면 드디어 산길이 끝이나 평지의 신작로가 나오고 뛰지 않고 걸어도 된다. 그러나 아직 학교까지 가려면 한 시간 정도를 더 가야 한다.

미늘에서 느티나무를 지나고 담뱃굴을 지나 신작로를 돌아가면 거

3. '개막내이' 학교 가다

릿말이 나온다. 거릿말에서 계전 동네 애들이 다니는 길과 합쳐지고, 그 길을 지나면 화봉못이 나오고 못길을 돌아 돌아가면 드디어 기동 국민학교가 나오는 것이다.

"땡 땡 땡."

학교 종이 울리고 자리에 앉으니 선생님이 들어오신다. 새벽같이 나오느라 밥을 못 먹어 배고플 만한데 배고픈 줄 모르고 시작된 공부 시간은 거의 점심때가 되어서 끝이 난다.

교실 뒤에는 선생님이 책장을 만들어 동화책 몇 권을 꽂아두신다. 이때 읽은 동화책 몇 권이 나의 인생에서 책을 좋아하는 계기가 되었고 그 계기로 평생 잊지 못하는 은사님 가운데 몇 분이신 '김승규 선생님'을 만난 것이 나의 행운이다. 이때 나는 막연하게나마 선생님 같은 선생님이 되고 싶다고 생각했는지도 모르겠다.

책장에서 선생님이 새로 가져오신 책 가운데 한 권을 뽑아 들고 집으로 간다. 『날으는 목마』라는 제목의 책은 말 그대로 목마(木馬)가 날아다니는 동화책이다. 책을 들고 읽으면서 집으로 가는데 보우와 현우가 빨리 가자고 자꾸 재촉한다. 보우와 현우는 아직 한글을 모른다. 나는 누나와 형이 일찍 한글을 가르쳐 주어 국민학교 가기 전에 한글을 다 떼고 구구단도 3단까지 외우고 1학년에 입학을 한 조

30배, 60배, 100배의 결실

기교육(?) 덕분에 학교 공부가 수월했다.

한글을 모르는 보우와 현우는 선생님께서 나에게 한글을 가르쳐 주라고 하셨지만 한 번도 친구들에게 가르쳐 준 적이 없어도 내 책 보는 애들이 자주 들여다 준다. 선생님이 애들에게 나를 선생님이라 여기라고 농담하신 말씀을 듣고 그런지 모르겠다. 신작로라고 하나 고무신을 신고 동화책을 읽으면서 가니 돌부리에 걸려 넘어지기도 하고, 돌을 찬 신은 벗겨지고 애들은 빨리 가자고 자꾸 재촉한다.

요즈음도 사십 대에 아이를 낳으면 늦다고 하는데, 그 당시에 마흔 이 넘어 애를 낳았으니 그것도 아들 우선하는 시대에 아들 하나를 더 봤으니 부모님이 얼마나 기뻐하셨는지 불면 날아갈까 쥐면 깨질 까 안절부절못하고 철없는 아이는 울기만 하면 안 되는 게 없는 줄 알고 자랐으니 오죽하면 동네 어른이나 아이 할 것 없이 흥곡댁 개 막내이라고 별명을 붙여 불렀을까. 그렇게 귀하게 키운 아들이 밥을 안 먹고 학교에 갔으니 농사일은 뒷전이고 산골의 십여 리를 걸어 내 려오면서 학교를 마치고 오는 아이들을 만나면,

"우리 원형이 봤냐?"
"네, 거릿말쯤 오고 있어요."

학교에서 화봉 못을 지나 안재내미로 올라가는 첫 동네가 거릿말

이다. 거릿말을 들어서니 저 멀리 어머니가 기다리신다. 보자기에 나를 먹이려고 도시락을 좀 가지고 오셨을 것이다. 몇 호 되지 않는 동네니 다 아는 집이라 아무 집이나 들어가 우리 아들 밥 좀 먹이자고 하신다. 도시락이라고는 하나 감자와 보리밥이 전부겠지만 아침을 먹지 못하여 시장하니 보리밥이라도 마파람에 게 눈 감추듯 먹어 치운다. 고맙다는 인사를 하는 둥 마는 둥 어머니 손을 잡고 산길을 따라 집으로 간다.

하루는 큰비가 왔다. 비가 오면 개울의 물이 불어나 애들은 건너기 어렵다. 물살이 세고 물길도 넓다. 큰 옥골까지 내려와 정락이 집으로 가 비가 많이 오니 학교에 갈까 말까 하는 중에 정락이 어머니께서 "물이 불어 위험하니 학교에 가지 말고 앞 개울에서 버들치 잡아 조림 해줄 테니 점심 먹고 공부하다 집으로 가라"고 하셨다. 그때만 해도 비가 오면 멀리서 오는 애들은 의례 결석을 하는 것으로 알고 또 결석이라고 치지 않을 때도 있었다. 물이 많아 사고로 이어지는 경우가 제법 있었기 때문이다.

큰 옥골 정락이 집에서 낚싯대를 만들어 버들치를 낚기 시작했다. 워낙 고기가 많으니 잠시만에 한 냄비 가득하였다. 정락이 어머니께서 버들치 조림을 해주시는데 그 맛이 얼마나 기가 막힌지 우리 어머니 솜씨를 따라오는 게 아닌가 했다. 음식 솜씨는 우리 어머니가 제일이라고 아버지께서 늘 말씀하셔서 나는 우리 어머니 솜씨가 제일

30배, 60배, 100배의 결실

인 줄 알았다.

다음 날 학교에 가서 선생님께 혼이 났다. 우리 동네보다 더 멀리 있는 계전동 애들이 모두 학교에 왔기 때문이다.

이렇듯 1학년 때부터 3학년 때까지 매일 오고 가는 산길 왕복 삼십 리 길이 체구 작은 내가 감당하기에 힘들었지만 힘든지 몰랐고, 학교가 멀다고 가까운 곳으로 이사하자고 부모님에게 한 번도 조른 적이 없었던 것 같다. 그것은 바로 어머니의 넘치는 사랑과 아버지의 보살핌이 늘 나를 감싸고 있었기 때문이 아니었나 생각한다.

3. '개막내이' 학교 가다

4. 외삼촌과 물외
．．．．．．．．．．．．．．．．．．．．．．

외삼촌이 오셨다.

외가댁은 우리 기계면 옆인 신광면이다. 기계에서 마주재를 넘으면 신광면 흥곡이 우리 외가 동네가 있는 곳이다. 외가 동네에서 외삼촌을 모르는 사람이 없다고 했다. 외할아버지는 이승만 정권이 무너진 후 제2공화국이 들어서고 1960년 7월 민의원(국회의원)에 당선되어 5·16 군사혁명으로 해산되기까지 1년이 못 되는 시간이었지만 민의원으로 활동하셨고, 민의원이 아니라도 그 지방에서는 일가가 넓고 살림도 넉넉하고 인심도 좋아 모두가 인정하는 집안인 까닭이다.

외할머니는 여성으로서 당시 보기 드물게 한학도 하시고 한글도 깨우치신 반가의 규수였다. 가끔 인편으로 어머니에게 안부를 묻는 편지를 보내오고 하셨는데, 그 서문은 늘 "나의 귀하고 귀한 딸 필아!" 였다. 어머니의 이름이 '김옥필'이라는 것을 어렸지만 알 수 있었으며, 어머니께서 외할머니 편지를 몇 번이나 읽으시며 눈물을 훔치시니 서두는 자연히 외워 지금도 기억하고 있다. 우리 집이 몇 번의 이사를 하는 바람에 그 편지들을 잃어버린 것이 너무나 아깝고 아깝다.

30배, 60배, 100배의 결실

지금은 고인이 되신 외삼촌은 무척이나 나를 아끼고 좋아하셨다.
또 외삼촌은 어머니의 바로 아래 동생이다 보니 두 분은 아주 살갑
게 지내셨다. 그런 외삼촌이 안재내미로 누님이 이사하였다고 찾아오
신 것이다. 돼지고기 한 근을 끊어 신문지에 돌돌 말아 잡고 허리춤
에는 곰방대를 꽂고 합죽선을 부치시며 오신 것이다.

　"외삼촌…! 외삼촌 얼굴에 콩 자국이 왜 그렇게 많아요?"
　"허허허…, 콩마당에 넘어져 그렇단다. 현아, 너도 콩마당 조심해야
한다. 안 그러면 너도 얼굴에 콩 자국 난다."

　외삼촌께서는 어릴 때 천연두에 걸려 그 후유증으로 얼굴에 곰보
자국 난 것을 그게 콩마당에 넘어져 그런 줄 알았다. 외가에 가면
늘 어머니의 치맛자락을 잡고 다녔다. 외삼촌이나 누나, 형들이 나
에게 잘해 주기도 하였지만, 외갓집 아니라 어딜 가도 어머니 치맛자
락을 잡고 다녔다. 그런 나를 외할머니께서는 늘 못마땅하게 보시는
거 같았다. 당신의 귀한 장녀가 살림도 넉넉하지 못하고 천자문과 소
학을 겨우 뗀 아버지에게 시집을 보낸 것과 사십이 넘어 태어나 치맛
자락을 붙잡고 다니며 당신의 딸을 힘들게 하는 외손자가 달가울 리
없었다. 그래서인지 외가에 가는 것이 좋기는 해도 외할머니는 늘 무
서운 존재였다.

　하얀 모시 저고리를 입으시고 태극선을 들고 건넌방에서 밖을 내

다보시며 인자하고 온화하신 얼굴로 어머니를 반기시는 외할머니의 모습은 지금도 눈에 선하다. 그 태극선 부채로 맞은 적도 많으나 외할머니가 왜 나를 싫어하셨겠나. 다만, 이쁘기는 해도 까시시러운(까칠한) 개막내이 버릇을 좀 고치고자 혼을 내고 하신 것이 아니겠는가? 그래도 그때는 외할머니가 무서웠으나 지금은 가장 그립고 보고픈 이름이 '외할머니'가 아니겠는가.

"외할매요. 할매 나이가 몇 살이에요?"
"현아…, 그건 왜 묻냐?"
"할매가 무슨 띠인지 알려드릴게요."
"홀홀홀."

외할머니에게 잘하는 게 있다고 보여주어 잘 보이려고 한 것을 왜 모르겠는가. 외가에 가면 좋은 일이 많았다. 집 뒤 대나무밭에 신의 대가 많아 방패연을 만들어 날리기도 하고, 낚싯대를 만들어 연당에서 고기를 낚기도 했다. 우리 집은 산골이라 연을 날릴 장소도 없고, 고기를 낚을 만한 연못도 없었다.

또 외가에는 외사촌들이 많았다. 그중에 준표는 세 살 적은 내 외사촌 동생이다. 우리 집에는 동생은커녕 놀아줄 만한 형도 없었다. 우리 형은 나와 열여섯 살이나 차이가 나 놀아주지는 않고 늘 집 밖으로 돌아다닌다. 외가에 가면 내 동생 준표가 있으니 놀리고 마음

30배, 60배, 100배의 결실

껏 심부름을 시켜도 외가의 누구도 나를 나무라는 사람이 없었다. 지금 생각해 보면 그런 내가 얼마나 미웠을까? 지금은 중국에서 서예로 이름을 떨치고 있는 내 외사촌 동생 서예가(書藝家) 준표에게 이 지면을 빌려 어릴 때 괴롭혀 미안하다는 사과의 말을 전한다.

　　－ 준표야…! 내 어릴 때 외가에서 나도 모르게 너를 괴롭힌 것을 사과하고. 서울에 오면 내가 맛있는 식사 한 번 대접하마…. ^^ －

외삼촌이 오시자 어머니가 나를 부르셨다.

"현아…, 틱골밭에 가서 물외 하나 따 오너라."
"넷…!"
(내 이름은 원형인데 왜 '현아'라고 부르는지 모르겠다.)

힘차게 대답하고는 망태기를 지고 틱골 밭으로 내달렸다. 오르막을 지나고 밤나무를 지나 산 정상에서 숨 가쁜 걸음을 고르고 다시 산 아래로 내달렸다. 틱골 밭은 우리 집 농사 중 제일 큰 밭이다. 보리가 여물어 보리타작을 막 끝낸 계절이라 이제 감자를 심어야 한다. 밭 옆에 조그마한 물웅덩이가 있고 그 옆 채전밭에 물외(오이)를 심어놓았다. 물웅덩이라고는 해도 물이 없을 때가 더 많았다. 틱골에서 제일 큰 밭이다 보니 어머니와 아버지는 늘 여기서 밭일을 하신다. 나는 밭일하는 어머니를 따라와서는 물웅덩이 가에 있는 물외가

자라는 것을 보는 것이 턱골 밭에 오는 유일한 낙이다. 봄에 아버지 께서 기계장터에서 물외 모종을 세 포기 사 오셨는데 한 포기는 죽 고 한 포기에는 손가락만 한 물외가 달려있고, 오직 한 포기에서만 아버지 팔뚝만 한 물외가 달려 언제나 먹을까 하고 매일매일 어머니 에게 언제 먹느냐고 빨리 먹자고 졸랐지만 씨 받는다고 하여 실망하 고 있었는데 오늘 외삼촌이 오시니 물외를 따 오라고 하신 것이다.

사실, 산골마을 안재내미에도 즐거운 일이 많다. 물외가 익어가는 지금보다 조금만 더 있으면 산딸기가 익는다. 봄에 익는 뱀딸기보다 더 달고 맛있는 산딸기가 있고 또 머루가 있다. 머루는 포도보다 조 금 작은데 달기는 얼마나 단지 또 땅골로 더 들어가면 어름(으름)이 익는다. 어름은 지금의 바나나처럼 생겼는데 속살은 하얀색이고 씨 가 많아 먹기가 그렇지 바나나 뺨칠 정도다. 그리고 다래는 또 얼마 나 맛있는지 다래는 첫눈이 오고 노랗게 다 익어 눈 위에 떨어진 것 을 주워 먹으면 설탕처럼 달다.

한참을 내려와 턱골 밭 물웅덩이 옆에 있는 물외를 보니, 새파란 색이 약간 노랑으로 변하면서 잘 익어있었다. 크기는 아버지 팔뚝만 한 것이 근심을 띠고 달려있다.

"이놈 물외야…! 내 오늘 너를 따려고 밤낮으로 기다렸다."

30배, 60배, 100배의 결실

근심을 띠는 물외를 뚝 따서 아버지께서 만들어 주신 망태기에 넣고는 부리나케 집으로 달렸다. 낮이라 해도 짐승이 나타나는 산 고개를 넘어다니는 것이 무섭기도 하지만 맛있는 물외를 먹을 욕심에 무서운 것이 생각나지도 않고 깃털처럼 날아서 집으로 왔다.

며칠 전 아버지께서 턱골 넘어 한와공 산소에 다녀오시면서 납닥바리(스라소니)를 만났다고 하셨다. 산소 옆으로 돌아오는데 밤나무 뒤에서 "카르릉 카르릉" 하는 소리를 내면서 흙을 막 뿌리더라는 것이다. 아버지는 지게 바소쿠리에서 낫을 꺼내 공격 자세를 취하시고는,

"이놈…! 짐승이 어딜 사람에게 나타나느냐?"

벼락같은 소리로 낫을 휘두르며 대치하는 중에 이놈 납닥바리가 흙을 퍼부으는 것이 잦아들더니 번개같이 사라지고 없더라는 것이다.

이 이야기를 들은 지 며칠 되지도 않았지만 무서움보다 물외 먹을 욕심이 더 컸던 것이다.

깃털처럼 날아온 것 같아도 땀을 콩죽같이 흘리며 집에 돌아와 어머니에게 물외를 드렸다. 요리 솜씨 좋으신 어머니께서는 물외를 잘 씻고 채 썰어 불려놓은 미역과 다마내기(양파)와 풋고추를 더 썰어 넣고 감식초 한 숟가락과 고춧가루에 소금으로 간을 하시고 우물에서

4. 외삼촌과 물외

금방 떠 올린 시원한 냉수를 부은 물외 냉국 한 대접을 내놓으셨다.

"누임 음식 솜씨는 천하제일이요. 허허허."
"얘는…! 어디나 있는 물외국인데 그게 뭐 대수라고…, 호호호."

외삼촌께서는 어머니를 '누임'이라고 부르신다. 저녁이 되어 어머니께서는 외삼촌이 사 오신 돼지고기로 국을 끓였다.

고깃국을 끓여 먹는 것은 아버지께서 사이나(청산가리)를 콩에 넣거나 까치밥에 넣어 산토끼나 꿩을 잡아 오실 때다. 앞산, 뒷산에는 늘 꿩이 울고, 산토끼가 가는 것을 자주 본다. 꿩 새끼는 '꺼벙이'라고 부르는데 날지도 못하는 놈이 빠르기는 얼마나 빠른지 어미를 따라가는 것을 종종 보는데 잡으려고 따라가면 뒤뚱거리기는 하면서 어느새 저만치 풀숲으로 사라져 아무리 뒤져도 잡을 수 없는데 어쩔 때 대가리만 풀숲에 넣고 엉덩이는 다 보이는 놈을 잡기도 한다. 산토끼는 앞발이 짧고 뒷발이 길어 산길에서는 빠르기가 얼음에 박 밀듯이 빠르다. 토끼가 '나 잡아봐라' 한다는 말도 있듯이….

서말찌 솥에서 돼지고기 국이 맛있게 끓고 있다. 솜씨 좋으신 어머니께서 외삼촌이 사 오신 돼지고기를 듬성듬성 썰어 넣고 마을 앞 못에서 따 말린 토란대와 봄에 꺾은 고사리와 채전밭에서 기른 외무우, 대파와 방에서 직접 기른 콩나물과 갖은 양념을 넣고 끓이니 서

30배, 60배, 100배의 결실

말찌 솥이 한 솥이다. 저녁 무렵 아버지께서 턱골 밭에서 오셨다.

"처남, 오랜만이구려, 뭐 맛있는 거 좀 가져왔는가?"
"네, 돼지고기 좀 끊어왔더니 누임이 돼지고기 국을 맛있게 끓였으니 드셔보십시오."
"허허…, 돼지고기는 어디 가고 온갖 나물만 한 솥이구나. 껄껄껄."

반딧불이 형형색색을 띠며 날아다니고 피어나는 모깃불 속에서 감자가 익어가고, 부엌에서는 어머니께서 옥수수를 찌고, 나는 평상에서 아버지 무릎을 베고 자고 있다.

아버지는 다섯 아들 가운데 셋째 아들이시다. 할아버지 상(祥)자 우(雨)자께서 생원시에 합격하고도 매관매직이 성행하던 조선말에 관직에 나가지 못하시고 지금의 안재내미 산골에 거하셨다고 한다. 기계장이 서면 장터에서 지인들과 어울리시고 집에 오실 때는 가마꾼이 없어 남의 집 머슴으로 가마를 메게 하고 한 오리쯤 와서 머슴을 돌려보내고 논에서 일하는 농부를 불러 가마를 메게 하고 또 오리쯤 오면 농부를 돌려보내고 또 다른 사람을 불러 가마를 메게 하여 오시곤 했다 한다. 그러면서 대여섯 주막집은 다 들러 외상으로 한잔하시고 귀가하시면 주막집 술값이며 가마꾼 삯이며 그 뒤치다꺼리는 오롯이 아버지의 몫이라는 것이다. 백부와 숙부가 계셨으나 일찍 성혼하여 분가하시고, 미혼인 아버지가 부모님을 모시고 얼마 안 되는 농토의 수확으로 머슴을 거느린 집안 살림에 효성이 지극하셨다고 한다.

　아버님께서는 그렇게라도 오래 모셨으면 좋으련만 나이 열대여섯 살에 전염병으로 부모님을 모두 여의고 동생 둘은 여기저기 흩어져 고향에는 아버님 혼자 농사일도 배우고 목수 일도 배우며 동가숙서 가식하는 가운데 일찍 출가하신 옆 동네 상괴정의 누님(고모님)댁을 드나드시며 외할머니 눈에 들어 당신의 장녀(어머니)와 맺어주시니, 외할머니와 고모님은 겹사돈이 되신 것이다.

　당시 외할아버지께서 민의원을 지내시고 집안일은 모두 머슴들에게 맡겨버리고 글만 읽고 계시니 들어오는 수입보다 나가는 것이 많아 외가댁 집안일이 되는 것이 없었다고 한다. 이즈음 누님(고모님)댁에 다니시는 아버님을 외할머니께서 보시고 농사일이며 목수 일이며 손재주 많으시고, 약주 한 잔도 안 하시는 아버님이 마음에 드셔서 데릴사위 비슷하게 맏사위로 들이신 것 같았다. 나도 아버지께서 평생 약주에 취하신 것을 본 적이 없음은 할아버지의 영향이라고 생각한다.

　세월이 흘러 현내에서 태어나 안재내미로 이사와 보니 아버지께서 외가댁에 가시는 일이 많았다. 외가댁은 미현으로 내려와 마주재를 너머 한 시간이면 가는데, 외가댁에 집안일을 하는 사람이 없어서인지 가을 농사 후 지붕에 이엉을 올릴 때는 우리 집보다 먼저 외가댁 지붕에 이엉을 올린다. 사랑채와 마구간이나 뒷간의 이엉을 올리고 비가 오면 물 새는 곳은 없는지 살피고 오신다. 외할아버지는 돌아가시고 외삼촌은 어머니보다 어리기도 하지만 집안일을 잘 못 하거나 안 하시니 아버지께서는 처남이 한량이어서 일을 못 한다고 하셨다. 나는 한량이 뭔지 몰라도 집안일을 잘 못 하는 사람이라고 생각했다.

5. 나의 우상, 우리 형

우리 형은 맹호부대 용사다.

"자유통일 위해서 조국을 지키시다 조국의 이름으로 님들은 뽑혔으니
그 이름 맹호부대 맹호부대 용사들아 가시는 곳 월남의 땅 하늘은
멀더라도
한결같은 겨레 마음 님의 뒤를 따르리라 한결같은 겨레 마음 님의 뒤
를 따르리라!"

아침 일찍, 찌이이~~ 찍! 찌직! 거리는 라디오에서 맹호부대 노래
가 나온다. 나는 벌떡 일어나 오른팔을 흔들며 힘차게 노래를 따라
부른다. 아버지께서 자리에서 일어나시며 묻는다.

"현아…, 너는 군인이 좋으냐?"
"네, 좋아요. 저도 형님처럼 멋있는 맹호부대 용사가 될 거예요!"

우리 형, '이순형'은 나보다 열여섯 살이나 많아 형이라고 하기에는
나이 차이가 있어도 그래도 우리 형이다. 동네에서 제일 팔 힘세고,

30배, 60배, 100배의 결실

태권도와 유도도 배웠다고 했다. 노래자랑대회에서도 늘 상을 타온다. 기계 오일장에 가면 나보다 몇 살 더 먹은 형들이나 또 그 위의 삼촌 같은 형들이라도 나를 건드리지 못한다. 나보고 너 누구냐고 하는 형들이 있으면

"나는 이순형 동생이야!" 이러면 끝이다. 아무도 건드리지 않는 것이다.

형이 그러라고 나에게 시켰기 때문이다. 요즘 말로 하면 일진인 것이다. 그런 형이 나는 멋있고 자랑스럽고 하나뿐인 나의 우상이었다.

우리 형은 제대를 한 달 앞두고 지원하여 월남으로 갔다. 전쟁 속으로 들어간 것이다. 모두가 죽어서 온다고 하는 전쟁터에 왜 지원하여 갔는지 모르겠다. 아버지와 어머니와 가족들은 형이 군에서 제대하여 장남으로서 집안을 일으키기를 손꼽아 기다리고 있는데 왜 전쟁터에 스스로 걸어갔는지 이해하기 어려운 질문이지만 아무래도 돈 벌러 갔을 거라 생각한다.

처음에는 형이 복무하는 7사단에서 월남에 파병 간다는 '파병통지서'가 날아왔다고 한다. 아버지께서는 낙심하여 계시고, 어머니께서 친정인 외가댁을 찾아가셨다. 우리 집안에는 월남 파병을 취소해 달라고 부탁할 사람이 없어 외가댁에 도움을 청하러 가신 것이다. 외

5. 나의 우상, 우리 형

할아버지는 작고하셨으나 민의원을 지내신 연줄로 아직은 높은 자리에 있는 분의 소개를 받아 형이 복무하는 철원의 부대까지 어머니 단신으로 찾아가셨다. 어머니께서 다녀오신 보름 뒤 파병을 취소한다는 공문서가 날아왔다. 안도의 한숨을 쉰 아버지와 어머니는 눈물을 훔치시며 기뻐하셨다.

드디어 제대 날이 한 달여 앞으로 다가오는데 느닷없이 '월남 파병 통지서'가 날아왔다.

"병장 이순형, 본인이 지원하여 월남 파병을 허락함."

형이 지원하여 월남으로 파병한다는 통지서였다. 한 달이 지나고 파병식이 다가왔으나 아무도 참석하지 못했다. 이제는 죽은 목숨이로구나 낙심한 어머니는 나를 안고 얼마나 우시는지 아무것도 모르는 나도 따라 울고, 아버지는 연신 곰방대 연기만 뿜으신다.

형이 월남으로 파병을 간 지 한 달이 지나고, 또 한 달이 지났다.
기동국민학교 2학년 1반에 까만 모자를 쓴 체보(우체부) 아저씨가 찾아왔다.

"안재내미, 이순형 아는 사람?"
"네, 저예요. 저의 형인데요."

30배, 60배, 100배의 결실

"네가 순형이 형 동생이냐? 너희 형 편지 왔는데 부모님 가져다드
려라."

편지를 가지러 운동장으로 나가니 빨간색 체보 아저씨 자전거가 있
다. 노란 가방에서 형의 편지를 건네준다. 체보 아저씨도 우리 형을 '형'
이라고 하니 무척 자랑스럽다. 학교에서 안재내미 우리 집까지 가려면
어른이 가도 한 시간이 더 걸리고, 체보 아저씨가 자전거를 타고 가도
갈 때는 오르막이 많아 자전거를 끌고 가야 하니 별 차이가 없다. 그
래서 내게 편지를 전해주려나 보다. 체보 아저씨가 내게 편지를 주고는
휑하니 자전거를 타고 간다. 나도 자전거를 탈 수 있었으면 좋겠다.

그날 이후로 일주일에 한 번이나 이 주일에 한 번씩 체보 아저씨가
학교에 왔다. 우리 형의 편지를 전해주기 위해서다. 학교에서 체보 아
저씨를 볼 때마다 내가 먼저 찾아갔다.

"우리 형 편지 왔어요?"

어머니는 매일 아침 기도를 하신다. 안방에 가만히 앉아서 기도하
신다. 어떤 때에는 눈물을 흘리시기도 하시고, 어떤 때에는 그냥 우두
커니 앉아있는 거 같아도 자세히 보면 눈을 감고 기도를 하시나 보다.
물론 형은 그 이후로도 일~이 주일에 한두 통씩 편지를 보내온다.

5. 나의 우상, 우리 형

아버지께서는 내가 큰 소리로 책을 읽는 것을 좋아하신다. 하루는 국어책에 나오는 「의좋은 형제」 ─ 벼 수확을 하여 형제간에 서로 조금 더 주려고 밤에 몰래 서로의 낟가리에서 볏단을 옮기다가 알게 되어 의좋게 살아간다는 이야기 ─를 읽고 있는데 그 이야기를 들으시던 아버지께서,

"현아, 너도 책 속의 '의좋은 형제'처럼 형님과 의좋게 지내야 한다. 형님은 부모님 대신이니 부모님이라 생각하고 잘 섬기며 살아야 한다."
"네, 아부지. 히야(형아) 말 잘 들을게요."
"너도 이제 히야라고 하지 말고 형님이라고 불러야 한다."

그렇게 1년여 시간이 흘러 계절이 바뀌고 이듬해 봄이 왔다. 겨우내 얼었던 눈이 녹아 개울에 시냇물이 졸졸 흐르고 산골에도 봄볕이 제법 길고 따뜻하게 비추던 어느 날 형의 편지가 왔다. 월남에서 곧 귀국한다는 편지였다. 아버지가 웃으시고, 어머니는 기뻐 눈물이 흐르는 얼굴로 나를 꼬옥 안아주셨다. 어머니 눈물 따라 내 눈물도 흘렀다.

"현아…, 네 형이 온다는구나."
"엄마, 그것 봐! 우리 형은 맹호부대 용사잖아…!"

월남전쟁에 파병 가서 죽었다는 이야기는 들어도 살아온다는 이야

기는 듣기 어려웠는데 형이 살아온다는 것이다.

드디어 형이 귀국하는 날, 어머니와 누나가 부산으로 갔다. 부산에서 살고 계시는 막냇삼촌댁에서 하루 이틀 머물며 형을 데리고 온다고 며칠 전에 가신 것이다. 일주일쯤 지나고 까맣게 그을린 형과 함께 어머니와 누나가 왔다. 큰 궤짝을 소구루마에 싣고 온 것이다. 국방색 나무 궤짝에는 꼬불꼬불 쓰여있는 모르는 글씨와 병장 이순형이라고 써있었다. 궤짝 안에는 라디오와 함께 초록색과 고동색이 섞인 내 옷과 아버지의 회색빛 양복과 여러 가지 깡통이 들어있었다.

"형…! TV는 왜 안 가지고 왔어?"
"응, 여기는 전기가 없어서 부산에서 팔고 왔단다. 그러나 12석짜리 라디오를 가져왔으니 이제 라디오 소리 잘 들릴 거야. 그리고 오빠가 돈도 많이 벌어 왔다."

누나가 대신 알려줬으나 나는 난감했다. 친구들에게 우리 형이 월남 가서 TV 가져온다고 얼마나 자랑을 했는데 전기가 있어야 TV를 볼 수 있다니 어쩔 수 없이 누나도 라디오를 위안으로 삼는가 보다.

그 이튿날부터 보우와 현우와 함께 소 먹이러 가면 어깨에 12석짜리 라디오를 메고 가서 으쓱거렸다. 보우와 현우 형은 중학생이라 같이 다녀 부러웠는데 오늘은 부럽지 않다. 그리고 형이 가져온 깡통에

5. 나의 우상, 우리 형

들어있는 포도 맛이 찐한 주스 가루 한 봉지씩을 나눠주었다.

"우리 형이 맹호부대 용사잖아!"

6. 어머니의 병환
·····················

　　　　국민학교 1학년, 2학년은 연달아 우등상을 타고 3학년
에 진학을 하였다. 1, 2학년 때는 학교에서 배운 공부만으로 시험을
쳐도 공부 잘한다는 소리를 들었는데 3학년이 되어서는 점점 공부의
양도 늘어가고 학교까지 오고 가는 길이 멀어 집에서 공부하는 시간
도 없으니 성적도 점점 내려가기 시작했다. 아버지와 어머니께서 내
공부를 위하여도 면 소재지로 이사해야겠다고 하시는 말씀을 들었다.

　4학년 1학기를 마칠 무렵 체육 시간이 되었다. 아버지와 어머니께
서 전학시키려고 학교에 오셨다. 선생님께 인사를 드리고 친구들에
게 인사를 하였다. 보우와 현우와 정락이와 악수를 하고 나니 눈물
이 글썽거렸다. 친구들도 울고 나도 울고, 서로 잘 가라고 인사를 하
였다. 선생님께서는 공부 열심히 하라고 격려를 하셨다.

　"원형아…! 너는 머리도 비상하니 열심히 공부하면 좋은 대학도 가
고, 훌륭한 사람이 될 거야!"

　기계면 소재지의 현내동으로 이사를 하여 기계국민학교(현재는 기

계초등학교)에 전학을 하였다. 4학년 5반, 기동국민학교는 한 반밖에 없는데 여기는 5반까지 있는 큰 학교라고 생각했다. 이제 학교 가는 길은 식은 죽 먹기다. 안재내미처럼 산길로 가지 않아도 된다고 생각하니 저절로 가슴이 뛴다.

우리 가족이 이사한 곳은 현내동 동 숲에 있는 기와집이다. 학교와는 오 리(2km)도 안 되는 거리이며, 차가 다니는 신작로다 보니 어린이 걸음으로도 30분이 안 걸리는 것이다. 안재내미에서 5년 동안 열심히 일하신 아버지께서는 집 앞에 있는 '수리답 논 일곱 마지기(1,400평)'를 사셨다. 전에 있던 '한들 논 다섯 마지기(1,000평)'와 '팔이골 밭 다섯 마지기(500평)' 농사로 부자는 아니지만 살 만하여 누구에게 손 벌릴 일은 없을 거라고 아버님이 늘 이야기하셨다.

하루는 점심때가 되어 학교에서 돌아오니 집에는 아무도 없고, 부엌에 들어가니 고소한 냄새가 나는 냄비를 보자기로 덮어놓았다. 냄비 뚜껑을 열어보니 꼬불꼬불한 국수와 외국수를 섞어놓은 것이 아닌가. 그런데 국수와 섞여 퍼지는 바람에 죽같이 되어 젓가락으로 먹을 수 없어 숟가락으로 떠먹어 보니 고소한 맛이 나면서 이런 맛이 있을 수 있는가! 돼지고기 맛이 나는 거 같기도 하고 참기름 냄새도 나는 것 같기도 하고…. 시장하던 차에 한 냄비를 다 비웠다. 저녁에 어머니가 오셨다.

30배, 60배, 100배의 결실

"현아, 점심 먹었냐? 부엌에 보니 라면을 먹었던데…."

아하, 그놈이 라면이었구나. 생전 처음 먹어본 맛인데 얼마나 맛있는지….
"엄마, 그 라면이라는 거 어디서 났어요?"
"네 형이 예비군 훈련 갔다가 가져왔구나."

오호…, 이제 우리 형은 향토예비군이다!

"어제의 용사들이 다시 뭉쳤다. 직장마다 피가 끓어 드높은 사기
총을 들고 건설하며 보람에 산다. 우리는 대한의 향토예비군
나오라 붉은 무리 침략자들아 예비군 가는 곳에 승리가 있다"

형은 군에서 제대하여도 농사를 짓는 일은 잘 못 하는 사람이었다.
아버지처럼 새벽같이 일어나 논과 밭에 나가 일하시는 것은 취미에
맞지 않는 사람이었다. 아버지 따라 논과 밭을 다니며 농사일을 하는
둥 마는 둥 하였고, 당시에 발행되던 주택복권을 매주 사서 주택복권
추첨일만 기다리기도 하는 등 현실과는 동떨어진 사람이었다. 그렇다
고 공부를 많이 한 사람도 아니니 어디 회사에서 오라고 하는 데도
없었다. 그런데 하루는 친척 가운데 한 분이 중앙정보부에 자리가 있
으니 가려느냐고 물었다. 그날 저녁 아버지에게 서울로 가자고 했다.
혼자 가면 될 일을 왜 가족 모두 가자고 한단 말인가? 지금도 나는
이해할 수가 없다. 아버지는 서울로 가기 싫으니 취직하려면 너 혼자

가라고 했으나 형은 혼자는 가기 싫으니 같이 가자고 하다가 그 일은 무산되었다. 그 후 이일 저일로 빈둥거리는 와중에 형님께서 결혼하셨다. 형이 결혼하고는 아버지의 명에 따라 형님이라고 불렀다.

형님은 스물여덟 살 형수는 스물두 살, 지금 생각하면 아직 아무것도 모르는 나이 같은데 아버지께서는 형님이 결혼하였으니 집안의 살림을 책임지라고 하시며 모든 일을 맡기셨다. 앞으로 아버지는 농사일만 하시고 대·소사 일은 모두 형님이 알아서 하신단다. 그래서 나도 형님에게 전과·수련장값이나 학용품값을 타 쓰기 시작하였다.

형님이 결혼하시고 동 숲에서 기계 장터 초입으로 이사를 했다. 당시에는 건축 허가를 내고 짓는 집이 별로 없었고 본인 땅이면 집부터 짓고 신고하는데 그만 접도구역 안에 짓는 바람에 면사무소에서 사람이 와서 접도구역 밖에 다시 지어야 한다고 하여 다시 지은 집에 이사한 것이다. 형님이 결혼한 지 1년 정도 지났으나 별다른 일없이 아버님 농사일을 거들고 있었다. 하루는 형님이 불도저 면허를 따려고 서울로 가신다고 했다. 포항이나 경주에는 불도저 운전을 배울 학원이 없어 서울에 가서 배워야 한다고 했다. 마침 중동의 건설 붐이 일어나면서 불도저 면허만 따면 사우디아라비아 등 중동의 건설현장에서 많은 돈을 벌 수 있으며, 농사일은 힘만 들지 돈이 안 된다고 했다. 형님이 서울로 가시고 얼마 후 조카가 태어났다. 아버님과 어머님은 손자가 태어나니 매우 기뻐하셨다. 형수님은 형님이 안 계시는 집

30배, 60배, 100배의 결실

에서 부모님을 모시는 일과 조카를 기르는 일이 힘들 텐데 늘 환하게 웃으신다. 매일 아침에 부모님과 내가 있는 사랑방에 와서 문안 인사를 드린다.

"아버님, 어머님, 잘 주무셨어요? 대림이(도련님)도 잘 잤어요?"
그러고는 부엌으로 가셔서 아침 식사 준비를 하신다.
그동안에 조카는 어머니께서 돌보고 계신다. 방긋방긋 잘 웃는 조카가 내 동생이었으면 좋겠다고 생각했다.

1년이 지나고 형님이 오셨다. 영일군 내에서 불도저 면허가 1번이라고 했다. 이제 중동에 가려고 여기저기 알아보고 있다고 한다. 중동에 가기 전에 공사 현장에 일하러 며칠씩 집을 비우기도 했다. 어떤 때에는 저녁 늦게 들어오기도 하고, 아침 일찍 나가기도 한다. 포항에서 짓고 있는 포항제철소 공장의 공사 현장에 다닌다고 하면서도 월급을 받았다고 가져오는 것이 없는 것 같았다. 그러면서 서울 어디서 오는 편지가 없는지 잔뜩 기다리는 눈치다. 동네 여기저기서 아무 기술이 없어도 사우디아라비아에 취업을 나간다는 사람들도 제법 있는데 형님이 기다리는 소식은 오지 않았다. 그 와중에 형님은 공사 현장에 나가는 횟수가 점점 줄어들고 집에서 쓰는 생활비는 벼한 섬씩 가져다가 돈으로 바꾸어 와서 형수님께 드리는 눈치다.

하루는 아침 일찍 아버님께 의논할 게 있다고 사랑방으로 오셨다.

6. 어머니의 병환

나는 이불 속에서 가만히 있고, 아버지와 어머니는 일어나 앉으셨다. 형님의 말이 불도저는 산이나 언덕의 흙을 밀어내고 바닥을 평평하게 깎는 일을 하는 중장비인데 공사장에 바람이 불면 눈에 흙이 들어가 종일 눈물이 나는 무척 괴로운 일이라고 하면서 계속하기 어렵다고 아버지께 토로하는 것을 들었다. 아버지께서는 그러냐고 하시면서 힘들면 하지 말라고 하시면서도 불편한 심경을 감추지는 않으셨다. 그것도 그런 것이 결혼하고도 농사일을 빈둥빈둥하다가 서울로 가서 1년이나 돈을 들여 학원에 다니며 배운 기술을 써먹지도 못하고 버릴 것 같으니 좋다고 할 사람이 누가 있겠는가?

"순형아…, 너는 지금까지 번 돈이 월남 가서 10만 원 벌어온 게 전부다."

6학년 겨울이 되었다. 어머니께서 이웃집 마을을 가셨는데 하루를 주무시고 오더니 팔 한쪽이 마비되었다고 한다. 차가운 방에 주무시느라 중풍이라는 병으로 혈이 막혀 생긴 것이라고 하나 별일 아닌 줄 알았다. 하루가 지나고 이틀이 지나도 차도가 없이 한쪽 다리까지 점점 더 마비가 심해진다고 한다. 가족 모두가 비상이 걸렸다. 지금까지 수시로 들어가는 집안의 생활비며, 아직 미혼인 누나의 결혼식을 앞두고 있고 또 초등학생인 나의 학비와 이제 막 태어난 조카의 양육비에다가 이제 다시 어머니께서 아프셔서 자리에 누우시면 병원비는 누가 감당한다는 말인가?

30배, 60배, 100배의 결실

어머니의 병환은 차도가 없으신데, 병을 낫게 하고자 한약이 좋다 하면 한약을 쓰고, 양약이 좋다 하면 양약으로 경주와 대구까지 용하다는 병원은 다 찾아다니는 와중에 시간은 자꾸 흘렀다. 엎친 데 덮친 격으로 어머니의 병환이 더욱 위중하여 이제는 류머티즘 관절염까지 합병증으로 오고 말았다. 어머니 치료비와 버는 사람 없는 집의 생활비에 견디지 못한 아버지께서 평소에 상답이라고 눈독을 들이던 친구분에게 한들 논 다섯 마지기를 팔아야 하겠다고 말씀하셨다. 대구에서 직장생활을 하는 누나는 없는 가운데 형님과 형수가 만류하여도 힘없는 몸짓에 불과하였다.

"네 어머니 없으면 아무것도 없는 것과 같으니 너희가 이해를 해다오."

그날 저녁 아버지께서는 노란 봉투에 싸인 '한들 논 다섯 마지기' 값의 돈을 형님에게 드리며 이 돈 잘 간수하라고 맡기시고 사랑방으로 건너오셔서 편찮으신 어머니에게 빨리 일어나라고 하시며 일찍 자리에 드셨다.

"임자…, 빨리 일어나서 당신 친정에 다니러 갑시다."

이때까지도 나는 어머니께서 금방 자리를 털고 빨리 일어나실 줄 알았다.

6. 어머니의 병환

7. 기계 장터와 정미소

　　중학생이 되었다. 까만 모자와 까만 교복에 노란 단추 다섯 개 달린 조금은 헐렁(?)한 교복을 입고 보니 어엿한 중학생이 된 것이다. 또 중학교는 과목마다 선생님이 따로 계시는 것이 국민학교와 달랐다. 국어 선생님은 김종우 선생님이시다. 국어 첫 시간에 들어오신 선생님께서는 국어책 표지부터 공부를 시작하셨다.

　'중학 국어, 1-1, 문교부'. 다음 장, '나무에 가위질을 하는 것은 나무를 사랑하기 때문이다.' 너무 뜻밖이었다. 국어가 좋아하는 과목이기도 하지만 책 표지부터 시작한다는 의미의 첫 시간은 오래도록 기억에 남아 내가 좋아하는 은사님 가운데 한 분이 되셨다. 영어라는 새로운 과목이 생겨 너무나 신기하게 느껴졌고, 산수가 수학이라는 과목으로 다시 배우게 되어 한층 더 성장한 느낌이었다. 영어 철자부터 수학 공식까지 알아야 하고 문법도 새로 공부하여야 하니 만만치 않았지만 그러면서도 중학교 도서실에는 내가 좋아하는 문학 서적이 많이 있었다. 그중에서 한국 고전문학 전집이 가장 재미가 있었다. 시대적으로 조선이나 신라, 고구려, 백제 등 우리나라의 역사 고전이니 세계 문학 전집과는 또 다른 맛이 있는 전집이었다. 또 국어 시간에 배

30배, 60배, 100배의 결실

우는 조선 시대 시조도 서양의 시 문학과 또 다른 맛으로 다가왔다.

사춘기에 접어든 나는 차도가 없으신 어머니를 보면서 점점 심연으로 떨어지는 마음에 공부보다는 문학 서적 속으로 빠져들었다. 문학 서적 속의 홍길동이 되기도 하고, 구운몽의 주인공이 되기도 하며, 멀리 영국의 셰익스피어와 미국의 헤밍웨이를 만나기도 하면서 책 속에서 노는 날들이 늘어만 갔다.

그 가운데에서도 별다른 공부를 한 것도 없는 것 같은데 1학년 말 시험성적이 나왔다. 그 성적으로 5개 반 약 300명 가운데 석차 60명을 기준으로 우열반 편성을 하였는데 거기에 속하였다. 우열반은 말 그대로 우리 학교 1등~60등까지를 한 반으로 편성하였으니 모두 공부를 잘하는 친구들인데 별로 열심히 하지 않았던 내가 들어가다니 의외이기도 하였으나 다시 열심히 해보자는 도전이 생겨 분발하기로 하고 열심히 공부하였다. 2학년 1학기 중간고사 결과 우열반 석차 30등으로 인문계 고등학교를 거쳐 대학을 갈 수 있는 희망이 보였다. 집으로 와서 어머니에게 성적표를 보여드렸는데 편찮으신 어머니께서 밝게 웃으시는 것이었다.

"현아, 네가 재주가 있기는 있나 보다. 열심히 공부하여 유익한 사람이 되기를 기도하마."

7. 기계 장터와 정미소

그렇게 중학교 2학년에 진학하고 며칠 후, 형님께서 기계 버스정류소가 기계 장터의 초입으로 내려올 계획이 있으니 새로이 생기는 정류장 앞 진사댁 정미소를 사면 어떻겠냐고 아버지에게 의논하였다. 형님의 계획은 정미소를 매입하여 도정기계를 철거하고 점포로 꾸며 임대를 주자는 것이다.

진사 어르신은 우리 문중이기는 하나 파중은 다르고 항렬로 '상(相)'자 항렬이니 아버지와는 같은 항렬이며, 아버지와 친하게 지내시는 분이다. 진사 어르신은 서예도 조예가 깊어 비석이나 상석 등에 글을 쓰시는 모습을 종종 보면서 어쩌면 저렇게 필체가 좋으신지 같은 문중의 '아재'라 칭하기에 정말로 자랑스러운 분이시다.

며칠 후, 아버지께서는 진사 어르신을 만나 형님의 계획을 말씀드리고 승낙을 얻었다. 마지막 남은 '수리답 일곱 마지기'와 농협에 돈을 좀 꾸어서 정미소를 사기로 했다는 것이다. 지금 생각해도 그때 형님이 제안한 것은 진짜 '신의 한 수'라고 생각한다. 그 건물을 지금까지 가지고 있었으면 말이다. 건물을 사고 몇 달 뒤 형님의 말대로 버스정류소가 우리 건물 앞으로 내려왔다. 도로를 두고 마주 보는 정류소와 우리 건물이 되었다. 형님은 정미소의 도정기계를 철거하고 점포를 세 개로 나누었다. 아버지께서는 편찮으신 어머니 앞에서 형님을 칭찬하시며 모든 점포의 운영은 형님이 하시되, 하나는 아버지 몫으로 하고 또 하나는 형님 몫으로 나머지 하나는 나와 누나 몫으로 한

30배, 60배, 100배의 결실

다고 공표하셨다. 두 개의 점포는 세를 놓고 하나의 점포는 형님이 직접 '일성공업사(카센터)'라는 상호로 자동차 정비사업을 시작하였다.

자동차 정비사업이라고 하나 자동차 타이어 펑크를 고쳐주고 배터리 정도를 교환해 주는 등 간단한 정비를 해주는 일이고, 그 정도 일이라도 형님이 아는 기술이면 좀 더 나았을 텐데 정비공을 두고 하다 보니 큰 이윤이 남는 것은 아니었으며, 또한 자동차 정류장이라고는 하나 지금처럼 자동차가 많은 것도 아니고 경주와 포항에서 기계를 종점으로 오가는 버스가 하루에 20여 대 정도, 대구에서 기계를 경유하여 청송으로 가는 버스 5대 정도, 우리 면 소재지에 상주하는 자동차 20대 정도니 정비할 수 있는 물량이 없어 기술자(정비공)를 데리고 할 여건이 되지 않았다. 한마디로 시대를 너무 빨리 앞서간 것이었다. 그것도 우리 집안의 운명이라고밖에 내가 어찌할 만한 나이가 되는 것도 아니고 그저 바라만 보고 있었다.

결국, 자동차 정비사업은 1년을 못 버티고 좀 더 수요가 있는 오토바이와 자전거 수리 및 판매점으로 업종을 전환하였으나 겨우 임대료 정도의 수입으로 현상 유지가 되지 않았다. 말 그대로 앞으로 남고 뒤로 밑지는 사업을 하고 있던 것이다.

중학교 3학년이 되었다. 어머니의 병환은 하루가 다르게 나빠지고 형님의 사업은 현상 유지도 어렵게 겨우 운영하던 어느 날 '팔이골

7. 기계 장터와 정미소

밭 다섯 마지기'를 팔았다고 했다. 그야말로 아버지가 평생 일구신 논과 밭을 전부 팔아 이제는 송곳 꽂을 농토 한 마지기 없는 것이다. 아버지께서는 문중 논 몇 마지기와 파중 논 몇 마지기 등 남의 논을 빌려 농사를 짓는 소작농으로 전락하였으니 전처럼 힘이 나는 일이 아니었을 것이다. 배운 것이 농사일이다 보니 그저 때를 따라 농사일을 하는 것이었다.

겨울이 오고 중학교 3학년 말이 되어 고등학교 진학원서를 쓰는 시기가 왔다. 다른 친구들은 대구의 연합고사를 볼 것인지 아니면 경주나 포항의 인문계 고등학교 원서를 넣을 것인지 저울질하는데, 나는 어디로 갈 것인가를 두고 고민하다가 아버지와 의논을 하였다. 경주고등학교나 포항고등학교는 직접 입학시험을 치고 대구지역은 연합고사를 통하여 대구 시내의 각 학교로 배정되는 것이었다. 나는 대구 연합고사를 보고 대구에서 인문계 고등학교를 다니고 싶었으나 아버지께서 집안 형편도 어려우니 대학교 가야 하는 인문계보다 기술을 배우는 공업고등학교에 가기를 바라셨다.

인문계 고등학교는 어디라도 갈 실력이 되는데 공업고등학교를 가라니 정말 안타까웠다. 학교에 가서 선생님께 공업고등학교에 가려니 어디로 가면 좋을지 상담을 하였다. 이튿날 담임선생님께서 집으로 오셔서 인문계 고등학교에 보내도록 아버님을 설득하시려는 것이다. 아버님께서는 일언지하 거절하시고 공업고등학교 측량과 원서를 써

30배, 60배, 100배의 결실

달라고 하시고는 방문을 닫으셨다.

학교로 돌아간 선생님께서 대구연합고사 원서를 써 주시면서 다시 한 번 아버님을 설득하라고 하셨다. 집으로 와서 형님에게 아버지를 설득하여 대구로 갈 수 있도록 도와달라고 했다. 아버님께서 형님을 보시면서 '네가 책임질 수 있느냐'고 하셨다. 형님께서는 나를 보면서 그럼 대구에 가지 말고 경주고등학교는 어떠냐고 하셨다.

그때 내가 인문계 경주고등학교를 갔으면 나의 인생이 어떻게 바뀌었을지 모르겠다. 나는 어차피 경주의 고등학교로 갈 바에는 아버지의 바람과 같이 경주공업고등학교를 가겠다고 말씀드렸다. 일종의 오기라고나 할까. 선생님께 경주공업고등학교 측량과 원서를 써달라고 했다. 선생님께서는 '왜 측량과 가려느냐'고 하셨다. 우리 외가댁 당숙이 경주공고 측량과 나와서 '기술고등고시'에 합격하여 중앙의 건설부에서 근무하고 있는 것을 보면서 나도 그 정도 할 수 있을 거라고 말씀드렸다.

"좋다! 경주공고 측량과는 없고, 토목과에 원서를 넣어 주마, 열심히 공부하여라!"

선생님의 대답을 듣고 아버님께 경주공고 토목과에 원서를 넣었다고 말씀을 드렸더니, 아버님께서는 네가 복이 있으면 어디로 가든지

7. 기계 장터와 정미소

무슨 일을 하든지 열심히만 하면 사람 노릇 할 수 있을 것이고, 기술 하나 배워놓으면 밥 먹고 사는 것은 어렵지 않을 거라고 하시면서 나를 위로하셨다.

당시 국가정책으로 기술계를 우대한다는 홍보와 함께 각 지역의 성적이 좋은 중학생들을 모아 기술 전문 고등학생을 모집하는 학교가 몇 군데 있었으나, 남의 일 같았고 또 각 학교당 한두 장 주는 원서는 나에게 기회조차 없어 있어도 갈 생각도 없었는데 내가 공업고등학교를 가다니 앞길이 암담한 현실 앞에 낙심할 뿐이었다. 이때의 선택 아닌 선택으로 평생 측량 분야의 일을 하게 될 줄은 꿈에도 생각하지 못했다.

30배, 60배, 100배의 결실

8. 어머니, 사랑하는 나의 어머니!

1975년 3월 5일, 경주공업고등학교 토목과에 입학하였다. 입학식 전 합격자를 발표하는 날 내가 수석을 하였다고 학교에서 연락이 왔다. 입학식 날 동창회 장학금을 받을 것이니 그리 알고 오라는 것이었다. 나는 별반 기쁘지도 않았고 그냥 그러려니 하였다. 경주에서 친척 하나와 같이 자취를 하려고 방을 하나 얻어 같이 지낼 살림 도구 준비를 하고 경주에 와서 입학식을 한 것이다.

입학식이어도 집에서 누가 올 사람도 없고 장학금을 받아도 누구에게 이야기할 사람이 없었다. 수석으로 합격하였다는 것을 아시는 자취집 아저씨께서 국민학교에 다니는 주인댁 딸의 공부를 가르쳐 달라고 했다. 가정교사를 해달라는 것이다. 자취라고는 하나 고등학교 1학년이 밥도 못 하는데 반찬은 당연히 할 줄 모르고 집에서 가지고 온 밑반찬이 전부였는데 가정교사 승낙을 하고 주인집 딸의 공부를 도와주니 때마다 국이며 찌개며 해주는 것이 너무 편하고 고마웠다.

입학식에서 중학교 친구인 김종민을 만났다. 같은 국민학교와 중학교를 졸업하고 또 고등학교에서 한 반인 토목과에서 같이 공부한

• 57 •

다니 반갑기도 하고 위안이 되기도 하였다. 입학한 뒤 몇 주일 후 고향의 집으로 갔다. 어머니께서는 이제 아예 거동을 못 하신다. 방에서 대·소변을 받아내는 것이다. 아버님께서는 어머니가 아내니 그렇다고 해도 형수님은 나이 삼십도 안 된 젊은 여성이 시어머니 대·소변을 받아내는 것이 얼마나 어려운 일이겠는가. 방 안에서는 늘 퀴퀴한 화장실 냄새가 나고, 자식인 나도 일주일에 한 번도 집에 오기 싫은데 매일매일 뒷바라지하는 형수님은 오죽 하시겠는가.

어머니에게 장학금 1만 원을 드렸다. 어머니는 힘이 없으신 가운데에도 일어나 앉아 그 돈을 찬찬히 보시더니 커다란 만 원짜리 지폐 위로 눈물이 주르르 떨어진다.

"현아…, 이 돈이 뭐라고 재주 많은 너를 대학도 못 보낸단 말이냐."

어머니께서는 당신이 편찮으시고 집안 살림이 기울어 대학을 보낼 형편이 안 되어 경주공업고등학교에 간 것을 아시고 계신 것이다.

"괜찮아요. 어머니! 지금은 공고를 가도 대학교는 갈 수 있어요. 꼭 대학교에 가서 어머니를 기쁘게 해드릴 테니 빨리 일어나세요. 어머니!"

어머니를 위로한다고 한 이 말이 어머니에게 약속한 마지막 말이

30배, 60배, 100배의 결실

될 줄은 꿈에도 몰랐다.

　형수님께서 깨끗하게 세탁한 교복과 입을 옷과 반찬을 챙겨주셔서
경주로 간다. 어머니에게 다음 주에 오겠다고 인사를 하고는 경주행
버스에 몸을 실었다.

　나는 지금도 형수님이 어머니에게 하신 수고를 잊지 않고 고맙게
생각하는 마음이 변함없다. 이때 형수님의 수고는 이후 내가 사우디
아라비아 취업 가서 보내준 월급 6~7백만 원 전부를 형님이 가정에
서 쓰고 하나도 돌려받지 않아도 형수님을 생각하면 아깝지 않았고,
내가 결혼한 뒤 아내에게도 형수님의 고마움을 잊지 말라고 당부 또
당부하던 이유이기도 하다.

　중학교 동창인 종민이는 버스로 통학하고, 나는 자취 생활을 계
속했다. 고등학교 공부는 그리 어렵거나 별다른 것도 없었으나 새로
운 과목인 측량과 제도를 배우는 것이 즐거웠다. 가끔 고향인 기계
에 가거나 경주에서 인문계 고등학교 다니는 친구들을 만나면 장래
의 진로를 뻔히 보는 거 같아 만나는 것이 부담되기도 하고 괜히 주
눅이 들어 만나는 횟수가 점점 줄어들었고, 학교에서 같이 공부하는
친구들끼리 하릴없이 어울리고 있었다.

　고등학교 2학년이 되었다. 대학교 진학이 인생의 목표는 아니지만,

8. 어머니, 사랑하는 나의 어머니

고등학교 생활은 별로 의욕도 없이 지나고 있었다. 다만 재미있는 것은 측량이라는 기술이 적성에 맞는지 몰라도 측량은 재미도 있고 성적도 좋았다. 다만 고향에서 친구들을 만나면 대학교 진학 이야기하는 것이 다른 세상의 일같이 느껴졌다. 여름방학이 지나고 가을이 왔다. 경주 반월성에 측량하러 가면 하얗게 드넓은 억새밭이 온 천지에 포근한 담요를 깔고 있는 것처럼 보인다. 석빙고를 한 바퀴 돌아 학교까지 측량하면서 온다. 병상에 계신 어머니를 생각하면 가슴이 무겁고 하루가 너무 짧게 느껴진다.

"이원형! 어디 있어?"

기계 고향에서 경주로 버스 통학하는 전기과 선배 인아 형이 우리 교실로 왔다.

"인아 형, 왜 왔어?"
"빨리 집으로 가봐, 네 어머니가 돌아가셨다!"

어머니가 돌아가셨다니? 이게 꿈인가 생시인가?

지난 5년 동안 편찮으셔서 방 안에 계시며 거동은 불편하셔도 돌아가신다는 생각은 꿈에도 하지 못했는데 어머니가 돌아가셨다고 한다.

30배, 60배, 100배의 결실

어머니…! 나의 전부이신 어머니께서 돌아가셨다니 믿기지 않았다. 머리는 하얗게 비어 아무런 생각도 없이 선생님께 어머니 부고를 알리고 시내버스로 출발하였다. 버스에 승객들이 많았지만 쏟아지는 눈물은 주체할 수 없이 내 발등에 떨어지고 가릴 수가 없어 고개를 숙인다. 어머니의 슬픈 미소가 손등을 적시고 터져 나오는 울음 속에 들썩이는 어깨를 누군가 말없이 두드려준다.

경주에서 기계까지는 시내버스로 1시간 20분 정도 걸린다. 오늘따라 버스는 왜 이리 덜컹거리는지 차라리 서지 말고 영원 속으로 가고 싶다.

마음이 진정되고 보니 고향 어귀에 다 와 간다. 어머니를 뵌 지 두 주일이나 되었다는 것을 깨달았을 때 돌아갈 수 없는 시간 속에 후회라는 말이 너무나 야속하게 나를 짓누른다.

지난번 집에 갔을 때 형수님께서 나에게 하신 말씀이,

"도련님, 집에 자주 오세요. 어머님이 도련님을 많이 기다리세요. 언제 오는지 오늘이 무슨 요일인지 늘 도련님을 기다리시니 집에 자주 오세요."

그렇게 기다리시고 내가 가지 않으니 보고 싶어서 일부러 그러는

8. 어머니, 사랑하는 나의 어머니

것일까? 아무리 그래도 돌아가셨다고는 하지 않을 텐데 믿어지지 않았다.

버스에서 내려 5분이 채 안 걸리는 우리 집까지 발걸음이 허공을 밟는 것처럼 둥둥 떠서 가는 것 같았다.

대문을 들어서니 집에는 많은 사람이 계셨다. 마당에 우두커니 서 계신 형님이 나를 보더니 왜 이제야 오느냐고 하시더니 그 큰 눈에서 눈물이 쏟아진다. 대구에서 직장생활을 하는 누나가 나를 안고 주저앉는다. 소복을 입은 형수님이 "도련님!" 하더니 말이 이어지지 않는다. 큰집의 형수님께서도 나를 보고 울음을 터트린다. 내 어릴 때 젖 먹여주신 큰집 형수님을 보니 묻지 않았는데도 눈물이 쏟아진다. 어머니가 계신 사랑채에 들어서니 하얀 광목을 덮은 어머니의 형체가 보인다.

모두의 눈물 속에 하얀 광목을 들어보니 어머니께서 평안히 눈을 감고 계셨다.

"어머니, 제가 왔어요. 원형이 왔어요. 일어나세요! 어머니 저와 같이 외가에 가셔야지요!"

어머니는 대답이 없으시고 가을인데도 차디찬 바람이 가슴으로 들

30배, 60배, 100배의 결실

어왔다. 머릿속은 비어있고 내가 기술을 배워 직장을 잡으면 어머니를 잘 모시겠다고 약속한 말들이 귀에 아른거린다.

"어머니, 사랑하는 나의 어머니, 늘그막에 나를 낳아 쌀뜨물로, 젖동냥으로 기르시고, 금이야 옥이야 보살펴 주신 사랑에 보답 한 번 하지 못하고 속만 썩인 이 아들의 머리털보다 더 많은 죄를 어찌 갚으라 하시나이까."

학교에서 선생님이 오시고 친구들도 다녀갔지만, 며칠이 어떻게 지나갔는지 무슨 일이 있었는지 텅 빈 공간 속에 혼자인 것처럼 아무 소리도 들리지 않았다. 파중 산에 어머니를 모시고 따사한 햇살이 비추는 아늑한 어머니의 산소에서 우리 집을 아스라이 내려다보며 사모곡을 부릅니다.

"어머니! 사랑하는 나의 어머니!
한평생 이 자식이 잘되기만을 바라시던 어머니,
단 한 번도 효도라고 해본 것이 없는 불효자를 용서하여 주소서
자식의 고통을 나 홀로 지고 웃으며 나는 괜찮다 하신 어머니
생명이 다하는 순간에도 정을 떼려고 밀어내시던 어머니
고통과 슬픔이 없는 하늘나라에서 영원한 복락을 누리시기 바랍니다"

이제 나는 어디로 가나 무얼 해야 하나 막막한 현실 속에 목적도

8. 어머니, 사랑하는 나의 어머니

없이 경주로 가는 버스에 몸을 싣고 다시 덜컹거리는 흙먼지 속으로 들어간다.

30배, 60배, 100배의 결실

9. 인생을 좌우한 나의 성적표

··

경주로 돌아와 고등학교 2학년 말이 되었다. 성적이 좋은 8명 가운데 측량반 5명, 제도반 3명을 뽑아 겨울방학 중 특별과외 수업에 들어갔다. 내년 봄에 있는 '공업계 고등학교 기술인 경진대회'에 참가한다는 것이다. 어머니가 돌아가시고 고향 집에서 버스로 통학하다 보니 겨울방학 중에도 버스로 학교에 가는 것이다. 추운 겨울 속에서 방학 없이 매일 측량 실기대회 연습이 시작되었다. 12월이 지나고 1월이 되었다.

측량 연습을 하면서도 대학교 진학이라는 꿈을 버리지 못하여 측량 연습이 끝나는 시간에 맞추어 수학 학원을 등록하였다. '대입수학'이라는 과목을 공부하면서 영어는 인문계 친구인 영호의 영어 문제집을 가지고 무작정 파고들었다. 1월이 지나 2월이 되어 측량 연습 시간이 점점 늘어나면서 대학입시 공부에 부담되는 긴 겨울방학이 끝나고 3학년이 되었다.

대구에서 전근 오신 김 선생님이 우리 반을 맡아 새 학기가 시작되었다. 선생님의 외모가 당시 유행하던 영화의 「킹콩」을 닮아서인지 우리는 '킹콩'이라는 별명으로 불렀다.

3학년 1학기가 시작된 어느 날 대학교 입시를 위하여 공부를 더 해야겠다는 생각이 들었다. 지금처럼 아무 공부도 안 하고 측량 실기대회 연습만 하다가는 대학교에 갈 수 없겠다는 생각이 들었다. 겨울방학 동안 쉬지 않고 준비한 측량 실기대회 연습이 아깝기도 하였지만, 대학교 진학 욕심이 더 크게 느껴져 김 선생님께 측량반을 그만두겠다고 했다.

새로 부임하여 담임이신 김 선생님께서는 더 권하지도, 이유도 듣지 않고 그만두라고 했다. 그날부터 대학입시를 목표로 수학과 영어 공부를 다시 시작하였다. 5월이 되어 경상북도 기술인 경진대회에 나간 친구들이 종합성적 3등을 하고 돌아왔다. 1등이 목표였는데 아쉽다는 말들을 많이 했으나 나는 남의 일인 양 내 공부에만 신경을 썼다.

고등학교 마지막 학기말 시험이 시작되었다. 미리 준비한 덕으로 괜찮은 점수가 나올 거라는 생각이 들었다. 시험이 끝이 나고 성적표를 받아 본 결과 아연실색하지 않을 수 없었다. 우리 과 63명 중 28등으로 겨우 50% 이내 성적이었다.

수석으로 입학하여 3년 동안 10등 밖으로 밀려본 적이 없었고 2학년 말 성적은 기술인 경진대회 측량반에 들 정도로 수위의 성적이

30배, 60배, 100배의 결실

었으며, 3학년 1학기 내내 대학교 입학을 목표로 영어와 수학에 매진하였는데 석차가 28등이라니….

당시 석차(등수) 환산 방식은 '단위 이수제'라는 새로운 방식이었다.

일주일 총 38시간 중 일주일에 배정된 시간에 따라 1시간 배정이면, 수- 5점, 우- 4점, 미- 3점, 양- 2점, 가- 1점을 기준으로 일주일에 배정된 시간에 따라 성적을 5점~1점으로 환산한 점수로 석차를 정하는 것이다.

공업계 고등학교다 보니 영어, 수학, 국어는 주당 각 1시간 배정, 측량실습 과목은 7시간, 제도는 4시간 등으로 배정하는데, 영어는 1단위로서 '수' 5점, 측량실습 과목은 7단위라 '미'를 받는 바람에 21점으로, '수'를 받아 35점인 친구에 비하여 14점이 모자라므로 다른 어떤 과목을 잘해도 석차를 올릴 수 없는 것이 '단위 이수제'인 것이다.

담임선생 '킹콩'을 찾아갔다.

"선생님, 측량실습을 '미' 받았는데 시험지를 보여주십시오."
"측량실습은 시험지 외 평소 실습한 성적을 포함하여 채점하는 것이니 그렇게 알아라."

9. 인생을 좌우한 나의 성적표

무표정한 모습으로 대답하던 '킹콩'의 모습은 사십오 년이 지난 지금도 생각이 난다. '킹콩'의 대답에서 할 말을 잃어버리고 돌아서는 등 뒤로 다른 선생님들과 하는 말이 들렸다.

"수석 입학한 이원형 아니야? 성적이 왜 그렇게 나왔어?"

당시 대입은 공업계 고교 출신으로 동일 계열에 진학할 경우 석차만으로 지원할 수 있는 특별전형이 있었는데, 석차 28등으로는 아무 대학교도 갈 수 없는 것이다. 대학교 진학이라는 희망이 저 멀리 안갯속으로 사라지고 있었다.

'선생님! 선생님은 전근 오신 지 얼마 되지 않아 잘 모르시지만 저는 수석으로 입학하였고, 2학년 때까지 수위를 다투는 성적이었으며, 측량실습 과목은 자타가 인정하는 실력이었는데 '미'라니요?'

이렇게 항변하고 싶었지만, 나 혼자만 대학을 가겠다고 측량반을 스스로 탈퇴하여 친구들에게 미안한 마음과 이기적이라고 조소하는 듯한 선생님의 얼굴에서 더 입이 떨어지지 않았고, 이미 끝난 성적표를 가지고 더 따질 수 없었다. 내가 측량반을 나오지 않고 계속 연습하여 기술인 경진대회에 참가했더라면 측량실습 과목을 '수'를 받았을까? 그랬으면 후회하지 않았을까?

30배, 60배, 100배의 결실

어머니께서 살아계실 때, 효도까지는 아니어도 좀 더 같이 있으면서 이야기도 들어드리고, 심부름도 해드리고, 형수님이 매일 하던 얼굴도 닦아드리고 대·소변도 받아내고 했더라면 후회가 덜 되었을까 하는 마음이 오버랩(overlap)되며 또다시 후회라는 단어가 머리에 맴돌았다.

9. 인생을 좌우한 나의 성적표

10. 고등학교 졸업과 첫 직장

여름방학이 끝이 나고 3학년 2학기가 되었다. 고등학교 3학년 2학기는 학교 수업은 거의 하지 않고 현장에 실습을 나가거나 교실 자습을 한다. 이곳저곳 크고 작은 건설회사에서 실습생 모집이 들어오고 있었다. 현장실습도 3학년 1학기 성적에 따라 차례대로 실습 회사를 고르는데 실습 의뢰가 오면 근무조건(정식 채용 여부, 현장의 위치, 업무의 종류, 실습비 등)을 보고 성적순으로 가는 것이다. 그놈의 성적이 무엇인지 석차 28등으로는 실습도 28번째다. 성적이 좋은 친구들은 여름방학 동안에 이미 실습을 나갔다고 한다.

대학교 진학도 물거품이 되고 의욕도 없이 하루하루를 보내는 가운데 대구 시내에 있는 '대아기술공단'이라는 도시계획 전문용역회사에서 실습생 2명을 모집한다는 소식이 들렸다. '대구 시내에 있는 회사라고?' 나는 귀가 솔깃했다.

우리가 실습을 나가는 곳은 삼성이나 현대, 대우, 대림이나 삼부토건 등 도로를 건설하는 공사 현장이나 아파트를 건설하는 1군 대기업 공사 현장이 인기였고, 포항제철소 내 용역 회사인 (주)스매크(포

30배, 60배, 100배의 결실

스코건설)는 실습비가 적은데도 지리적으로 가깝고 제도(설계도면)를 잘하는 친구들이 가기도 했으나 대부분 중소 규모의 2군 건설사들의 공사 현장인 시내 외곽이나 도시에서 멀리 떨어진 산골의 도로 공사 현장에서 실습생을 모집했다. 실습에는 별 관심이 없고, '형편도 안 되는데 재수할 수 있을까' 하는 고민을 하며 대학 진학만 염두에 두고 있었던 나는 대구 시내에 있는 '대아기술공단'이라는 회사에서 실습생을 모집한다는 것을 듣고 번개 같은 생각이 떠올랐다. 대구 시내에 실습 가면 대학교 가기 쉽지 않겠는가 하는 생각이었다.

담임선생님을 찾아갔다.

"선생님, 대구에 있는 '대아기술공단'에 실습을 보내주십시오."
"그래, 네 앞에 있는 친구들에게 허락을 받아 오면 거기에 보내주마."

성적이 내 앞에 있는 친구들에게 허락을 받아 오라고 요구했다. 대구 시내에 있는 회사라고 하지만 실습비도 적고 건설회사와 비교하여 별 인기도 없는 용역회사라 그랬는지 친구들은 순순히 승낙해 주었다. - 그때 내 앞의 있었던 친구들아, 고맙다! -

내 친구 종호와 나는 대구 동인 로터리에 있는 실습지 '대아기술공단'에 찾아갔다.

10. 고등학교 졸업과 첫 직장

그 회사는 대구 시내의 동인동 로터리 근처의 3층 건물 3층에 있는 회사인데, 2층에는 '공간건축설계사무소'라는 건축 설계를 하는 회사가 있고, 3층에 우리 실습 회사인 '대아기술공단'이 있었다.

그 회사의 사장님인 김OO 회장님은 도시계획기술사 및 측지기사와 건축사 자격증을 가지고 있었고, 대구·경북 지역의 도시계획을 거의 도맡아 하는 이름있는 회사였다. 실습비는 월 30,000원 정도 받은 것 같았다. 그 회사는 총무부, 도시계획부, 측량부, 제도부 등 4개의 부서로 나뉘어 있었다. 나는 측량부에 들어가서 실습을 시작하였다. 측량부의 부장은 박OO 부장님이셨다. 우리 회사에는 다른 학교의 실습생들도 있었는데 대구공고 김지엽이라고 키가 좀 작은 친구가 있었다. 지엽이는 나와 빠르게 친해졌다. 내 고등학교 동기인 종호도 있었으나 부서가 다르고 대구공고 지엽이와 한 부서였기 때문이다.

김지엽 친구는 대구가 고향으로 대구의 부자들이 사는 대명동에 자기 집이 있었다. 대구의 시내 요지인 동성로 대구백화점 바로 옆에 로마양복점을 운영하는 삼촌도 있었고, 아버지는 건설회사를 운영하고 있어 대구공고 토목과를 나와 졸업하면 대학교에 가거나 아버지 회사에 들어가서 건설 기술을 배우려고 한다고 했다. 하루는 그 친구의 생일이 되어 집에 초대를 받았다. 대구공고 친구들이 20~30명이 와서 시끌벅적하는 가운데 나를 소개했다.

30배, 60배, 100배의 결실

"경주에서 온 친구 이원형이다. 시내에서 만나면 인사하고 모두 친하게 지내자."

지엽이는 학교에서도 요즘 말로 하면 일진이었던 거 같았다. 육체미(헬스)를 하여 고등학생이지만 몸이 단단한 근육의 소유자며, 부모님이 재력도 있어 무리를 리드하는 것 같았다. 자기 방에는 '마란츠'라는 처음 보는 미국제 오디오 시스템이 있었고, 전자기타를 잘 치는 친구로서 나와는 거리가 좀 있는 부류였다. 마란츠를 소개하면서 생각나는 이야기는 볼륨을 크게 올리면 창문의 유리창이 깨진다고 했다. 나는 볼륨을 얼마나 올리면 유리창이 깨지는지 보고 싶었지만 그럴 수는 없어 듣고만 있었다. 그때 들은 팝송이 Spencer Davis Group의 「Keep On Running」, Johnny Horton의 「All For The Love Of A Girl」, Paul Anka의 「Papa」 등 음악에 눈을 뜬 계기가 되었다. 이때 경험으로 통기타를 배우기도 하였으나 수준에 이르도록 지금까지 하지 못한 게 아쉬운 마음이다.

지엽이와 측량도 같이 가고 집으로 가서 음악도 듣고 자기 삼촌에게도 소개하여 주고 너무 잘 대해주는 고마운 친구였다. 특히, 대구 동성로의 명물 '따로국밥(국 따로 밥 따로)' 집에서 얻어먹은 따로국밥은 지금까지도 그런 맛을 본 적이 없을 정도로 맛이 있었다. 몇십 년이 흐르고 대구의 따로국밥이 유명하다고 하면 고개를 끄덕일 정도로 지금도 특별한 맛이라고 생각한다.

10. 고등학교 졸업과 첫 직장

또 회사의 제도부에 나의 고교 1년 선배인 상혁 선배는 자기를 형이라 부르라고 했다. 그러면서 여기는 대구와 경북지역의 고교 가운데 성적이 좋은 학생들만 오는 곳이니 학교의 위신을 생각해서라도 착실하게 근무하라고 하면서 회사의 직원들을 소개하여 주는 등 종호와 나를 살뜰하게 챙겨주어 선배라는 존재에 대하여 다시 생각하는 계기가 되었다.

추석이 되어 쥐여준 봉투에는 2만 원이 들어있었다. 한 달 실습비의 반이 넘는 큰돈이었다. 추석 명절이라 모두 고향으로 가는데 나는 갈 곳이 없었다. 아니 가고 싶지 않았다. 고향에는 아버님도 계시고, 형님과 형수님, 어린 조카들도 있었으나 어머니가 돌아가시니 나를 기다리는 사람이 아무도 없다는 생각에 이때부터 추석이나 설 명절이 되어도 고향에 잘 가지 않는 경우가 많았다.

경상북도에서 각 지역의 도시계획 용역계획이 발주되면 거의 모든 일을 우리 회사에서 수주하여, 이미 수립된 도시기본계획에 의하여 세부적인 도로, 학교, 공원 등 도시계획시설을 수립하여 '안'을 제시하고 도시계획위원회 심의를 거쳐 장래 시행할 도시의 계획을 수립하는 것으로, 처음 시작하는 일이 도시계획을 수립할 지역에 여러 가지 측량을 하는 일이었다.

도시의 현황(지형) 측량을 하기 위하여 현장으로 나가 측량의 순서

30배, 60배, 100배의 결실

에 따라 출발 기준점을 선점하고 대상 지역을 돌아 결합시키는 방법으로 기준점마다 옮겨가면서 지형을 측량하기 위하여 건물이나 교량 등 현황을 측량할 때 학교에서 배운 기억이 없는 '스타디아 측량(수준척에 의한 간접측량)'으로 도면을 작성하는 것이다.

측량이란 각 지점 간의 거리를 구하는 것이 기본이며, 거리를 구하기 위하여 줄자를 사용하는 것인데, 스타디아 측량은 줄자를 사용하지 않고 트랜싯(transit)이라는 기계를 사용하여 두 점 간의 수평거리와 고저차를 구하는 간접측량 방법으로, 20~30m의 지점의 거리와 고저차를 줄자 없이 바로바로 구하여 평판 위 도면에 옮겨 그리는 것으로 학교에서 배운 지식과 실제 현장에서 사용하는 것과 너무나 달랐다.

그렇게 측량 현장을 다닌 지 몇 개월이 지나 실습 기간이 끝이 나고 각자 자리를 찾아 떠났다. 나는 회사에 남았고, 친하게 지내던 지엽이도, 다른 친구들도 떠나고 동창생인 종호도 현대건설 도로 현장으로 떠나고 겨울이 왔다. 차가운 겨울이 와도 측량 현장은 쉬지 않는다. 비가 와도 쉬는 날이 없고 눈이 오는 추운 겨울이어도 쉬는 날이 없다.

11. 끝내지 못한 숙제 ⑴

어느 날, 측량 현장에 다녀오니 고등학교 1년 선배인 상혁 선배가 대학교에 갈 것이냐고 물었다. 대학교? 내가 꿈에 그리던 일이 찾아온 것이다. 실업계 고등학교 졸업(예정)자가 동일 계열에 진학하면 예비고사를 치지 않아도 고교 성적만으로 입학하는 특별전형으로 석차 28등이 가능할까 하니 4년제는 성적이 모자라지만 2년제 전문대학은 석차 50% 이내면 가능하다고 하여 상혁 형과 같이 경북공업전문학교(전문대)에 특별전형 지원을 하는데 학교 직원이 "딱 커트라인이네요." 하며 웃었다. 조금 창피하였으나 1978년도 경북공업전문대학 신입생 합격자 발표일에 막상 합격하고 보니 뛸 듯이 기뻤다.

상혁 형과 나는 회사의 사장님을 찾아갔다. 나는 실습 기간이 얼마 되지 않아 잘 몰라도 상혁 형은 성실한 직원으로 인정을 받아 야간부 대학에 다닐 수 있도록 허락을 해주셨다.

오후 5시까지 근무하고 퇴근 후 학교에 가라고 한다. 그리고 매일 학교에 가므로 현장을 갈 수 없으니 측량부에서 제도부로 옮겨 근무

30배, 60배, 100배의 결실

하라고 배려해 준 것이다. 물론 오후 7시에 정식으로 퇴근하는 직원들에 비하여 급여가 조금 줄기는 해도 그게 어딘가. 이 지면을 빌려 그때 나에게 배움의 길을 열어주신 대아기술공단의 김 회장님께 감사를 드립니다.

　다음 해 고등학교를 졸업하고, 3월이 되어 야간부 2년제 대학이지만 경북공업전문대학 토목과 78학번으로 입학을 하였다. 전문대학이지만 대학생이 된 것이다. 학교에 가면서 오만 원을 월급으로 받았다. 학교에 가지 않는 친구들 2명이 더 있었는데 월급이 조금 차이가 났으나 개의치 않았다. 입학금은 고향에서 도움을 받고 나머지 하숙비와 생활비는 회사의 봉급으로 생활하였다. 저축은 할 수 없었으나 꿈 같은 시간이 흘러 1학년을 마쳤다. 2학년이 되어 ○○대학교에 편입하기 위하여 편입시험 공부를 준비하였으나 만만한 것이 아니었다. 낮에 회사에 다니며 학교 공부와 편입 공부를 하니 머리가 두 개라도 모자랄 지경이라 주간부로 옮긴 것이다. 형님의 사업은 점점 더 어려워져 아버지의 마지막 남은 건물도 남에게 넘어갔다.

　"만금의 재물을 물려주어도 자기의 복이 없으면 가지지 못하니 너무 상심하지 말아라."

　아버지께서 형님을 위로하려고 하신 말씀이지만 형님 역시 쥐구멍이라도 있으면 들어가고 싶었을 것이다. 이로써, 아버지 점포뿐 아니

11. 끝내지 못한 숙제 (1)

라 나와 누나의 점포까지 다 남의 손에 넘어가고 가장으로서 힘들고 어려운 시간이 형님에게 다가오고, 더불어 우리 가족 모두에게 힘든 시간이 시작된 것이다. 어머니가 돌아가시고 남은 가족들은 아버님과 형님 내외를 비롯하여 어린 세 조카와 직장생활을 하는 미혼인 누나와 나까지 여덟이나 되는 가족들을 책임지는 일이 결코 쉬운 일이 아니었을 것이다.

2학년이 되어 대학에서 주간부로 옮기며 형님에게 도움을 받는 일이 미안하고 어려워 신문사의 확장일도 하고, 출판사의 외판원과 친구네 가게의 아르바이트 등 생활비를 충당하기 위한 일이 이어지다 보니 편입시험 공부는 점점 요원해져 갔다. 박정희 정권의 말기에 친구들은 "독재 타도"를 외치며 데모를 열심히 했지만 나는 아르바이트에 편입시험 공부에 그럴 시간이 없었다. 가을이 오고 1979년 10월 26일 박정희 대통령의 서거로 데모가 줄고 학년 말이 되니 다시 학교에는 현장실습 안내서가 오는 시기가 왔다. 편입시험과 현실 가운데 어쩔 수 없이 실습 지원을 하면서 나의 대학 과정은 끝이 나고, 4년제 대학교 편입시험도 끝이 나고, 어머니와 약속도 못 지켜 끝내지 못한 숙제처럼 늘 가슴 한구석에 남아있었다.

학교에서 교수님과 상담을 하고 서울에서 사회생활을 하고 싶은 바람이 있어 서울의 삼부토건에 지원하니 삼부토건에서 실습을 받아주었다. 본사에서는 현장실습지를 연고지로 배치한다는 방침에 따라

30배, 60배, 100배의 결실

'경주~포항 간 도로 확장 공사」 구간에 발령을 받았다. 구정 설날이 되어 고향에 가서 어디 도로 공사 현장에 있다고 하니 형님께서는 경주 도로 공사 현장에서 나를 본 친구분이 말해서 알고 있다고 하면서 그래도 고향에는 한 번 오지 그랬느냐고 나무라신다. 어머니가 안 계시니 아무도 없는 것 같이 느껴져 오고 싶지 않았던 마음을 조금은 알았으리라.

1980년 2월 경북공업전문대 토목과를 졸업하였다. 졸업과 함께 실습이 끝이 나고 박OO 현장소장께서 병역 미필이라 정식 직원으로 추천할 수 없으니 군대를 제대하고 본인을 찾아오라는 말씀과 함께 봉투를 쥐여주셨다.

"이 기사, 여러 대학교의 많은 실습생이 와도 자네처럼 성실한 사람은 몇 없었네."

비록 곧 떠날 실습생이지만 오래된 직원과 같은 마음으로 아껴주신 박OO 소장님께서 하신 격려의 말씀은 오래도록 남아 어디에서든 성실하게 살아야겠다고 다짐하는 계기가 되었다.

12. 입영 열차와 육군훈련소

오랜만에 집으로 오니 현역 입영 통지서가 날아와 있었다.

- *입영 일시: 1980년 4월 9일*
- *입영 부대: 육군 제0000부대 논산훈련소*
- *모이는 장소: 경주역 오전 10시*

삼부토건의 실습이 끝이 나고 입영 일자가 정해진 가운데 아직 한 달도 더 시간이 있었다.

대우건설에서 근무하는 종민이 현장으로 갔다. 종민이는 포항 오천의 송전탑을 건설하는 공사 현장에서 근무하는데 동창생들도 몇명 있어 놀기도 하고, 입영을 기다리는 시간도 보내려고 가서 측량을 도와주게 된 것이다.

하루는, 354KV 기초공사를 위하여 거푸집을 조립하고 그 안에 철탑의 볼트를 심는 간격을 결정하는 측량을 하고 콘크리트 타설을 하였다. 레미콘 차가 한 대, 두 대를 쏟아붓고 세 대의 레미콘 차를

30배, 60배, 100배의 결실

돌리는데 보니 뭔가 이상하였다. 눈으로 봐도 센터의 위치가 어긋나는 것이 아닌가? '아차! 잘못 읽었구나', 트랜싯의 센터 각도를 잘못 읽은 것이다. "스톱! 스톱!" 레미콘 차를 정지시키고 포크레인을 불렀다. 이미 타설한 콘크리트를 퍼내고 센터 위치를 다시 측량해야 하는 것이다.

"이 기사, 괜찮아! 그나마 콘크리트 양생하여 굳은 뒤에 아는 수도 있고, 철탑을 다 조립하여 옥상에서 맞지 않는 거보다 낫다."

레미콘 세 차와 거푸집을 다시 조립하는 등 인부 몇 명이 하루는 족히 해야 할 일을 망쳐놓은 나를 소장님께서는 기꺼이 위로하여 주셨다. 그날 일로 입영하는 날까지 짧은 시간이나마 내 젊은 시간을 성실하고 보람있게 보낸 아름답고 소중한 추억으로 남아있다.

"아쉬운 밤 흐뭇한 밤 뽀얀 담배 연기
둥근 너의 얼굴 보이고 넘치는 술잔엔 너의 웃음이
정든 우리 헤어져도 다시 만날 그 날까지
자 우리의 젊음을 위하여 잔을 들어라!"

입영 전야를 맞이한 경주에서 목이 쉬도록 노래를 부르며 한 잔 또한 잔을 기울이는데 환송하러 온 친구들은 하나둘 쓰러지고 나는 점점 술이 깨고 있었다. 이제 자유 없는 굴레 속으로 간다는 것이 모든 아쉬움으로 남는가 보다.

1980년 4월 9일, 드디어 입영일 아침 경주역,

지난밤 경주까지 나를 환송하러 온 친구들과 기울인 술잔으로 머리는 빙글빙글 도는데 부산하게 움직여 경주역으로 갔다.

경주역 10시, 빡빡머리를 한 입영 장정들이 모였다.— 우리를 경주 장정이라고 불렀다. — 부모님과 온 장정들, 여자친구와 온 장정들, 나처럼 아무 송별하는 이 없이 비척거리며 모인 장정들, 입영열차의 크고 시커먼 몸뚱이가 누구를 노려보는지 음흉하게 웃는 얼굴로 '이제 너희들은 내 밥이야.' 하는 것 같았다. "삐이익! 삐익! 삑!" 날카로운 호각이 울리며 "경주 장정들은 속히 입영 열차에 오르십시오." 눈이 보이지 않게 긴 창의 모자를 눌러 쓴 군인이 또 한 번 쇳소리 같은 목소리로 열차에 오르라고 소리를 외친다.

'취이~익 칙! 취이~익 칙! 취이~익 칙! 칙~칙! 칙! 칙~!

입영 열차가 출발하였다.

이별을 고하고 떨어지는 눈물이 마를 새도 없이 아까 그 쇳조각 같은 소리의 군인이 섬뜩이는 눈빛으로 소리친다.

"장정 여러분, 여러분은 지금부터 내 말을 잘 듣는다. 알겠나?"

30배, 60배, 100배의 결실

"넷…, 네…, 옛…, 예…."

"장정 여러분, 일어선다. 실시…!"

우두두둑 하는 소리와 함께 눈물이 쑥 들어갔다. 몇 번 앉아 일어
서기가 반복되고, 의자 밑의 수류탄을 비롯한 쥐잡기가 시작되었다.

밤 9시가 넘어 도착한 논산훈련소에서 기다리는 저녁밥은 식어 쉰
내가 나는 밥과 비릿한 냄새로 역겨움이 확 올라오는 미역국과 아무
맛이 없는 깍두기. 이것이 한 끼 식사인가? 허탈과 좌절과 상실감이
겹쳐 앞으로 3년간 어떻게 군 생활을 할 수 있을 것인가 아득함이
밀려오는 논산훈련소의 첫날 밤이었다.

"뚜우뚜 뚜뚜뚜, 뚜뜨르뚜두 뚜뚜두."

새벽 6시, 기상나팔이 울리고 아직 사복 차림인 장정들이 군인들
모양으로 서서히 일어선다. 군복과 군화와 모자를 받아 사복을 벗고
군복으로 갈아입었다. 며칠 전 예방주사를 맞아 피 묻은 속옷은 핏
자국을 없애고 사복은 집으로 돌려보낸다.

논산훈련소 30연대에 소속되어 4주간의 육군 기본훈련을 받았다.
아직 군인 기분이 나지 않아 어리바리한 가운데 치러진 전반기 훈련
이 끝이 나고 후반기 교육으로 육군공병학교에 갔다. 이제는 육군

이병이 되어 어엿한 군인이 되었다. 총을 다루기도 하고 절도 있는 동작과 거수경례로 인사를 하기도 한다.

공병학교의 한쪽에 민간인 건설회사가 들어와 막사를 건설하는 공사를 시작하였다. 훈련이 끝난 뒤 어슬렁거리다가 알게 된 사람이 며칠 동안 친하다 보니 막걸리를 가지고 와서 같이 마셨다. 한 병, 두 병 하다가 제법 많이 먹고 점호시간이 되었다.

"점호 준비, 침상 3선에 정렬!" 문 하사가 주번사령이다.

침상 3선(마루 끝 30cm)에 서고 보니 앞뒤로 흔들린다. 어째 기분이 이상하다. 악명이 높은 문 하사가 주번사령이다. 복도 끝에서부터 점호를 취하여 온다. 1반…, 2반…, 우리 반이다. 분대장이 점호 보고를 하고 문 하사가 들어왔다. 앞, 뒤로 왔다 갔다 건들건들한다. 문 하사가 내 앞으로 왔다.

"45번 술 마셨나?" "안 마셨습니다!" "폭파반 엎드려뻗쳐! 45번 주번사령실로 와!"

나 때문에 반원들이 얼차려를 받아도 그때는 술에 취하여 미안한 생각도 하지 못했다. 주번사령실로 갔다. 짧은 지휘봉으로 내 어깨를 딱! 한 대 때렸다.

30배, 60배, 100배의 결실

"45번 술 마셨나?" "안 마셨습니다!" 내 어깨를 딱! 또 때리고 또 물었다. 딱! 또 때리고, 또 묻는 고문은 새벽이 되어 술이 깰 때까지 계속되었다.

12. 입영 열차와 육군훈련소

13. 서울의 '재경부대'

육군공병학교 1042기 전투공병단 수료식이 시작되었다. 1번 최OO 103보충대, 2번 김OO 대전공병단, 3번 박OO 101보충대 … 57명 전부 이름을 불렀는데 내 이름은 없었다. 이상하게 생각하고 있을 때 문 하사가 불렀다.

"45번 이원형! 너는 재경부대다!"

'재경부대가 뭐지?' 하고 있으니 서울에 있는 부대라는 것이다. 나 혼자만 서울에 있는 재경부대로 간다는 것이다. 모두 군장을 꾸려 김해역으로 군용열차를 타러 가는데 김OO 병장이 나의 전보통지서를 가지고 왔다.

"이원형!, 너는 나를 따라오너라." 하며 김해역에서 기다리는 군용열차에 같이 타는 것이다. 그리고 나의 옆자리에 앉아 서울로 출발하였다. 대구에서 동기들이 내리고, 대전에서 내리고 안양에서 내리고 서울의 용산역까지 왔다. 그동안 열차에서는 군용 건빵을 나눠주기도 하고 우유도 나눠주는데 나는 건빵을 주지 않아 달라고 하니,

30배, 60배, 100배의 결실

"너는 건빵을 먹을 사람이 아니야."라고 웃으며 건빵 한 봉지를 주었다. 동기생들이 부모님에게 전화해 달라고 주는 전화번호를 받아 용산역에서 내려 용산역 광장에 모였다.

서울 이남의 부대에 배치되는 동기들은 이미 모두 내리고, 101보충대, 102보충대, 103보충대를 서울 이북 지역에 가는 동기들과 나만 용산역 광장에 남았다. 용산역에서 각 지역의 보충대에 가는 동기들이 버스에 올랐다. 서로 거수경례로 이별을 고하고 한 대씩 용산역 광장을 빠져나갔다. 김 병장과 나는 장병휴게소 식당에서 국밥 한 그릇씩을 먹고는 2층에 있는 당구장으로 갔다. 1979년 박정희 정권 시절에 대학교 다닌 사람들치고 '독재 타도'를 외치지 않은 학생들이 없듯이 데모도 많이 했지만 당구장에 다니지 않는 학생들도 없어 나도 당구를 좀 쳤던 것이다.

용산역 용사의 집 2층 당구장에서 김 병장과 열심히 당구를 치고 있는데,

"이원형이 누구야!" "야! 이원형, 너 데리러 왔다."

검은색 베레모를 쓴 공수부대 군인 2명이 나를 데려가려고 온 것이다.

그제서야 김 병장은 나를 보며 미안한 얼굴로,

"이원형, 너 공수부대 간다면 도망갈까 봐 지금까지 너를 데리고 있었던 거야."

용사의 집 광장에는 낡은 군용트럭이 한 대 있었다. 아무도 없는 트럭 화물칸에 올라타서 동기들이 적어준 전화번호를 보며 억장이 무너졌다. 재경부대는 서울에 있으니 국방부나 보안대, 육군본부 안 되어도 수경사같이 서울 근교에 가는 줄 알고 동기들 소식을 알려주려 한 생각이 수포로 돌아갔다. 낙심으로 멍하니 앉아있는데 또 한 명이 어디서 끌려왔다. 트럭에는 아직도 군복이 어울리지 않는 육군 이등병 두 명이 허탈하게 앉아있다.

"자! 출발! 군가 시작!" 검은 베레모를 쓴 공수부대원이 소리를 친다.

공수부대(육군특수전사령부) 군용트럭은 한강을 왼쪽에 둔 채 88 도로를 타고 거여동의 특전사령부로 달렸다. 우리가 부르는 군가 소리와 군용트럭의 시끄러운 소리가 묘하게 조화를 이루며 1시간여를 달린 끝에 공수부대에 도착하였다. 막사 안에는 우리와 같이 아직은 육군 군복이 어울리지 않는 어리바리한 군인이 바짝 군기가 든 모습으로 차렷 자세를 한 채 앉아있었다.

30배, 60배, 100배의 결실

한쪽에서 검은 베레모에 얼룩무늬 공수복을 입은 공수부대 하사 한 명이 이리저리 왔다 갔다 한다. 점심때가 되니 그 공수하사가 우리를 보고 식사하러 가자고 한다. 자기는 5공수 부대원인데 다리를 다쳐 후송 가는 중이라고 한다. 식당을 가는 길에 "공수 공수 공수 공수~."라는 구호가 들린다. 이게 무슨 소리냐고 하니 그 하사는 공수교육 받는 소리라고 하며 나중에 다 알게 된다고 한다. 점심 후 PX에 가니 빵을 팔지 않는 것이다. 베레모를 쓰지 않으면 PX를 이용할 수 없는 것이다. 또 베레모를 쓰지 않으면 면회도 안 된다. 또 육군 모자를 쓴 일반 장교에게는 거수경례도 안 하는 것이다. 여기는 검은 베레모를 쓰지 않으면 사람이 아닌 것이다.

　동기생들에게 재경부대 가면 집에 전화해 주겠다는 메모는 이미 어디로 가고 작업모라고 하는 헐렁한 육군 모자가 어울리지 않는 바짝 군기든 육군 이등병이 매일매일 사역에만 동원되고 있었다.

14. 공수교육대

1980년 7월, 여름 뜨거운 햇살 아래 218기 공수교육이 시작되었다. 아침부터 저녁까지 하루 8시간을 공수교육대 연병장에서 교육을 받는데 교관과 조교는 하늘색 파란 모자를 쓴다. 교육시간이 되어 연병장 아래 교관의 구령 소리와 조교들의 구호가 들리면 오금이 저려온다. 연병장이 약간 높은 곳에 위치하여 파란 모자 끝이 보이기 시작하고, 파란 모자와 함께 서서히 조교들이 보이면 공포가 극도로 달해 자포자기가 된다. 교육은 PT(Physical Training- 육체 단련)로 시작하여 PT로 끝난다.

200명이 넘는 인원이 PT 1번부터 PT 14번까지 처음 몇 회로 시작하여 마지막 반복구호를 붙이면 숫자가 두 배로 늘어난다. 마지막 구호가 나오면 시도 때도 없이 '열외!' '열외!' 하여 PT 8번- 온몸 비틀기 – 아니면 11번- 쪼그려 뛰기 –로 얼차려를 준다. 겨우 한 시간을 마치고 휴식시간에 소금을 먹기 위하여 이동하거나 화장실에 가기 위하여 이동할 때마다 구보로 이동하면서 "공수~ 공수~ 공수~ 공수…!"를 외치는 소리가 울려 부대 안의 아무라도 공수교육을 받는 교육생 구호임을 알 수 있다.

30배, 60배, 100배의 결실

공수병은 하루 종일 철모를 쓰고 다닌다. 철모는 턱 끈에 붕대를 여러 겹으로 감아 뛰고 굴러도 철모가 벗겨지지 않게 턱에 딱 맞게 조인 철모를 쓰고, 국방색 군복과 철모에 번호표만 붙인 교육복으로 아침 PT 훈련을 시작으로 종일 연병장을 뒹구는 바람에 하루만 지나도 군복색이 누런 황토색으로 변한다. 누런 황토색으로 물든 군복을 입은 군인은 공수 교육생인 것이다. 공수교육 마지막 훈련으로 드디어 수송기를 타고 점프(강하훈련) 4회를 실시하는데, 단독 점프, 무장 점프와 야간 점프를 마치고 마지막 산악 점프에 성공하면 드디어 얼룩무늬 공수복에 은빛 독수리 휘장인 공수마크를 달고 검은 베레모를 씌워주는 것이다.

드디어 오늘 마지막 산악 점프다. 아침 일찍 비행장으로 가서 수송기에 오르기 전 복장검사를 한다. 산악 철모를 쓰고 훈련복 위에 산악복을 입고 등에는 낙하산을 메고 앞무릎에는 군장과 총을 달고 그 위에 예비낙하산을 걸고 보니 어기적거리며 잘 걸을 수도 없다. 복장 검사가 끝이 나고 수송기에 올랐다. 수송기 좌우로 앉아 역시 귀를 찢는 듯한 엔진 소리를 들으며 C-123 수송기가 이륙한다. 오늘 점프는 OO산에 산악 점프를 하는 것이다. 계절이 여름이라 나무도 울창하게 우거지고 땅은 아무것도 보이는 게 없는 험준한 산에 '강하!' 한마디면 그대로 뛰어내리는 것이다.

"강하 1분 전!" 뛰어내리기 1분 전, 수송기 문에서 지상의 신호를 보고 마스터가 명령하면 자리에서 일어나 비행기 천정에 달린 쇠줄에 노란색 생명줄을 걸고 흔든다. 생명줄은 비행기에서 뛰어 몸이 약 10m 정도 떨어지면 비행기와 낙하산이 분리되면서 펴지도록 생명줄을 거는 것이다.

"강하!"

C-123 수송기의 좌우 문으로 두두두두~.

교육생들이 비행기 문밖으로 뛰어내린다. 뛴다기보다 문에 산악 철모를 쓴 머리를 내밀기만 해도 그대로 빨려 나간다. 철모를 내밀지 못하는 교육생은 마스터가 뒤에서 발로 밀어 차다시피 바깥으로 날려버린다. 비행기 문에서 지체하면 뒤에 있는 교육생들의 강하를 방해하는 것을 방지하고자 그런 것이다. 모두가 뛰고 나면 노란 생명줄만 비행기에서 날리며 멀어지는 하늘에 백장미가 피는 것이다.

덜컥 하고 낙하산 줄이 어깨를 당기는 바람에 활짝 핀 낙하산을 보며 지상의 표지판을 찾는다. 야간에는 불꽃으로 표지판을 찾지만 산악 점프는 바닥에서 연막탄을 피워 연기로 표지판을 찾는데 온통 나무가 우거진 산이라 보이지 않는다. 대략 다른 교육생이 날아가는 곳으로 방향을 잡고 좌우를 조정하며 날아가는데 산 아래로 나무가 '슉! 슉! 슉!' 하고 올라온다. 점점 나무가 커지는 것 같더니 산악복과

30배, 60배, 100배의 결실

산악 철모에 나뭇가지가 촤~ 촤~ 촤아악 스치고 걸려 지나가는가 하고 눈을 꼭 감고 있는데 덜컥하고 낙하산 줄이 걸려 팽팽하게 나를 들어 올린다. 아차차! 나무에 걸린 것이다. 이 험악한 산에서 나무에 걸리다니 정신을 차리고 보니 8m 정도 되는 나무에 걸려 대롱거리는 것이다. 낙하산의 어깨 벨트를 풀고 나무에서 그대로 땅으로 떨어졌다. 이곳이 적진이었으면 그대로 사살되거나 포로가 되었을 것이다.

'쿵' 하는 소리와 함께 떨어졌으나 아프지도 않다. 산악복이 워낙 두껍고 단단하여 나뭇가지도 뚫지 못하니 큰 충격도 없는 것이다. 나무에서 내려와 위를 보니 아파트 2층 높이는 되어 보이는 나뭇가지에 낙하산이 걸려있다.

산악복을 벗어 가방에 넣고 군장을 메고 산 아래로 내려왔다. 민가를 찾아 톱을 빌려 나무를 자르고 낙하산을 가지고 집결지로 가야 한다. 30분 정도 내려오니 민가가 보인다. 민가에서 자초지종을 고하고 톱을 빌려 낙하산을 찾으러 갔다. 그 집 아저씨께서 굳이 같이 가자고 하시니 고맙다. 톱으로 나무를 베고 낙하산을 벗겨 수트(낙하산)와 산악복를 꾸려 집결지를 찾아갔다.

특수전 교육이 시작되었다. 기본교육과 주특기에 따라 구분하여 실시하는데 나는 주특기가 '폭파'로, 공병학교에서 배운 것이 많은 도움이 되었다. C4, TNT, 다이너마이트, 도폭선 등 폭약을 다루는 교육으로, 특히 교량 및 건물 폭파 등 주요 시설을 폭파하는 것으로 작전이 시작되면 가장 중요한 임무이다. 주특기 교육 외 가장 힘든 것은 '생존 훈련'이다. 생존 훈련은 적지에서 살아남기 위한 훈련이다. 적지를 가정하여 화기(불)를 사용하지 않고 음식물을 먹는 훈련의 하나로 생닭이나 생뱀을 먹는 훈련도 한다. 그 외 야생에서 먹을 수 있는 나무 열매나 뿌리, 버섯 등 어떤 것이 먹을 수 있고 어떤 것은 먹을 수 없는 것인지 배우며 그 외 지도를 보고 읽는 정보 훈련도 포함되는 것이다.

공수교육과 특수전교육이 끝나니 1980년 10월이 되어 입대 후 6개월이 지났다. 나라의 어수선한 시기에 6개월 동안 군에서 훈련을 받고 있었다. 특수전사령부 교육대에서 교육이 끝이 나고 자대 배치를 받았다. 여기도 예외 없이 선호 비선호 부대가 있는 것이다. 모두가 가기 싫어하는 제1공수특전여단으로 배치되었다. 교육대에 있는 동안 소문으로는 '1공수 가면 죽는다'는 것이다. 그만큼 어려운 훈련이 또 기다린다는 것이다. 이름만으로 별로 실감이 가지 않는 '전입교육'이 공수교육보다 더 어렵고 힘들다는 것이다. 그런데 내가 '1공수'라니….

"오오! 하나님! 어찌하여 제게 또 이런 시련을 주시나이까?"

30배, 60배, 100배의 결실

15. 제1공수특전여단 전입
··

       제1공수특전여단에 도착했다. '1공수부대'의 상징은 '독수리(Eagle)'다. 점프복(얼룩무늬 군복- 점프복, 국방색 군복 -, 작업복) 오른쪽 가슴에 부착하는 부대 마크다. 공수부대도 부대마다 고유의 상징이 있는데 그 상징을 보면 몇 공수부대인지 알 수 있는데, 공수부대라 하면 1공수(독수리부대)를 지칭하는 것으로 그만큼 전통 있고 훈련이 힘들어 다른 부대도 1공수만 공수로 인정하는 것이다.

  전입교육을 받기 전에는 독수리부대 마크를 부착할 수 없다. 공수교육도 마찬가지지만 전입교육에서도 낙오하면 다시 받아야 하고, 그래도 낙오하면 전방부대로 전출시켜 버리는 것이다. 그만큼 훈련의 강도가 심하고 담력도 있어야 버틸 수 있는 곳이 1공수 독수리부대의 특징인 것이다. 그런데, 부산·마산사태와 10·26 박 대통령의 서거와 12·12사태, 5·18 광주를 지나는 등 전입교육은 보류된 채 제1공수특전여단 제3대대 15팀에 들어갔다. 행정병이 아니라 팀원(중대원) 전투병이다.

  12월, 한 해가 가기 전 마지막 훈련이 있다고 한다. 전입과 동시에 천리행군을 간다는 것이다. 복이 많은 건지 없는 건지 '어떻게 전입을 오자마자 천리행군 가느냐'고 중대원들이 놀린다. 제1공수 여단에서는 매년 각 대대가 한 달짜리 천리행군을 가는 데 올해 우리 대대는 아직 천리행군을 가지 않았다는 것이다. 한 달짜리 훈련이니 각자 준비할 것이 많다. 특기별 전투용 무기와 식량, 전투복과 기타 생필품 등 모두 넣은 군장(전투 배낭- 등산 배낭과 비슷)을 꾸리니 약 40kg 정도 되는 거 같다.

드디어 천리행군이 시작되었다. 우리의 모든 훈련의 시작은 '침투'라고 부른다. 침투에는 육상 침투와 해상 침투, 공중 침투가 있는데 이번 훈련은 공중 침투다. 비행기(수송기)를 타고 적진으로 날아가 유격전을 펼치는 것이다. 산악복을 입고 수트(낙하산)를 메고 앞에는 군장과 옆에는 총을 달고 위에는 예비 수트(예비 낙하산)를 달고 비행기에 올랐다. 나는 태어나서 이때까지 비행기를 타보지 못했지만 훈련하면서 비행기를 타보았고 또 훈련하면서라도 비행기를 타보았으나 내려보지 못하고 모두 뛰어내렸던 것이다.

공중 침투로 작전지역에 들어가 한 달여 유격훈련이 시작되었다. ◇◇산에서 비트(땅굴)를 파고들었다. 낮에는 취침하고 밤에는 작전에 따라 교량을 폭파하거나 경찰서나 변전소 등 주요시설을 파괴하여 적을 교란하는 유격훈련이다.

유격훈련이 끝이 나고 성탄절은 다가오는데 천리행군이 시작되었다. 작전 지시에 따라 경유하는 지점을 통과하여 부대까지 400km(천 리) 행군을 시작하는 것이다. 작전병이 지도를 놓고 통신병의 무전으로 지시를 받은 곳으로 출발하였다. 간편한 군장이라고 해도 30kg는 넘어갈 것 같다. 하루, 이틀이 지나 100km를 넘어가니 발바닥에 물집이 올라온다. 휴식시간에 물집에 실을 꿰어 물을 뺐다. 양말에 비누를 칠하면 물집이 덜 생긴다고 하여 비누를 칠하거나 양말 두 켤레를 신어도 물집이 안 생기는 것은 아니다. 야간 행군이다 보니 밤에는 영하 10도를 웃도는 기온이다. 군복이 동절기에 입는 옷이라 바람이 들어온다. 팔과 다리에 고무줄을 묶어 바람이 들어오는 것을 막는다. 추위보다 더 힘든 것은 실을 꿴 물집에 피가 나고 설상가상으로 또 다른 물집이 잡히는 것이다.

사흘이 되어 약 오백 리를 왔다. 천 리 중 반을 온 것이다.

영하의 추위는 아무것이나 얼려버린다. 특전화(군화)가 일반 보병부대의 군화보다 더 단단하고 스키를 탈 수 있도록 고안한 것이라 해도 영하의 날씨에는 대책이 없다. 특전화가 얼었다. 쇠로 만든 신발처럼 발목이 접히지 않는다. 발 따로 군화 따로 쇠로 된 신발을 신고 가는 것 같다. 한 시간 정도를 행군하면 10분간 휴식을 취한다. 10분간 휴식에 군장 옆 주머니에서 빵을 꺼내 봉지를 뜯으니 빵이 얼어 얼음 가루다. 수통은 이미 얼어 물을 마실 수도 없다. 그러나 큰 도로로 다닐 수 없으므로 어디에서 도움을 구할 곳도 없다. 휴식이 끝나기 전에 차가운 바람이 부는 길 가장자리에서 바로 잠이 쏟아진다.

1980년 12월 31일 자정, 중대장 주머니의 라디오에서 나오는 보신각 제야의 종소리를 들으며 평택시 평야에 들어서니 주위는 온통 하얀 설원의 평야가 펼쳐지고, 저 멀리 따뜻한 불빛이 아른거리는 교회가 보인다. 누가 우리나라를 좁은 나라라고 했던가. 두 시간, 세 시간 행군하여도 평야는 끝이 나지 않으나 모든 길은 로마로 통한다고 했던가. 평야도 끝이 나고 다음 목표 지점인 안양의 산자락으로 들어간다.

새해 아침 천리행군의 종착지에 왔다. 멀리 부대가 보이고 나팔 소리가 울리고 박수를 치며 여기저기서 파이팅을 외친다. 다른 대대원들과 가족들이 행군을 마치고 오는 우리 대대를 환영하는 행사다. 발바닥은 부르터 피가 나고 무릎을 절뚝이면서도 씩씩하게 행군을 한다.

"보아라 장한 모습 검은 베레모, 무쇠 같은 우리와 누가 맞서랴
하늘로 뛰어 솟아 구름을 찬다, 검은 베레 가는 곳에 자유가 있다
삼천리 금수강산 길이 지킨다, 안 되면 되게 하라 특전부대 용사들
아~ 아~ 검은 베레모 무적의 사나이"

30배, 60배, 100배의 결실

천리행군을 마치고 외출을 간다. 토요일 오후 1시부터 일요일 저녁 8시에 귀대하는 것을 외출이라고 한다. 나는 대구에 있는 친구들을 만나러 갔다. 동성로는 예전과 같이 복잡하고 친구들은 오랜만에 만나는 나를 기다리고 있었다. 막걸리 잔을 기울이며 저녁은 깊어가고….

새해 초, 하루는 중대장 회의를 다녀온 중대장이 나에게 태권도 유단자냐고 물었다. 아니라고 했더니 다음 달 '태권도 집체교육'이 있으니 참가하라며, "한 3개월 고생하겠다"고 한다. 고등학교 시절 태권도 도장에 다니기도 하였으나 유단자는 아니었는데, 공수부대는 태권도 유단자가 아니면 하루 종일 태권도만 시켜 유단자를 만드는 교육이 '태권도 집체교육'인 것이다. 아침에 기상하면 도복에 홍띠를 매고 태권도로 하루를 시작하여 태권도로 하루를 마치는 것이다. 3개월 후에 측정이 있으니 3개월 안에 유단자가 되어야 한다. 유급자는 모든 훈련과 부대 일정에 제외되고 외출이나 휴가도 없다. 여기는 또 유단자가 아니면 사람이 아닌 것이다.

3개월이 지났다. 드디어 태권도 검은 띠를 땄다. 이제 공수부대 정규 대원이 된 것이다.

16. 국방부 시계는 돌아간다

　　　　거꾸로 매달아도 국방부 시계는 돌아간다고 했던가. 1981년 봄이 왔다. 우리 중대에도 새로운 중대원이 전입을 왔다. 공수부대를 지원하는 하사관 병력이 모자라 논산훈련소에서 차출되어 공수교육을 마치고 우리 중대에 온 것이다. 내 후임이기도 하나 여기는 하사관 체제라 일반병으로 근무하는 것이 여러모로 애로사항이 많을 텐데 마음이 짠하다. 나는 172cm, 60kg이 겨우 넘은 날씬한 몸으로 20kg을 지고 10km를 뛰는 무장 구보도 간신히 50분을 주파하는 데 건장한 체구의 후임을 보며, '너는 힘이라도 있으니 구보나 행군이나 무술 등 힘이 기본인 훈련에 애로사항은 없겠구나'라고 생각하며 환영을 한다.

　　정기적인 격파 측정을 한다. 매일 수도단련을 하는 가운데 측정에서는 빨간 적벽돌 한 장을 격파하는 측정으로 각 중대원 모두가 참여하여 16개 팀 중에서 1, 2, 3등은 팀별 포상휴가를 준다. 12명이 다 격파하면 두 장으로 올라간다. 두 장을 모두 격파하는 경우는 드물다고 한다. '나는 겨우 6개월 정도 단련하였는데 격파할 수 있을까?' 대대 연병장에 쌓아놓은 빨간 벽돌을 보니 겁부터 났다. 벽돌

30배, 60배, 100배의 결실

을 점검하는 김 하사가 벽돌을 두드리니 쨍쨍하는 쇳소리가 난다. 허술한 벽돌은 도리어 부상의 위험이 있다고 한다. 아침 9시, 중대별로 집합을 하였다. 1중대를 시작으로 중대원 전원이 일렬횡대로 자기 앞에 벽돌을 놓고 격파하는 것이다.

"1중대 준비! 격파!"

모두 동작에 맞춰 힘찬 기합과 함께 격파하는 것이다. 격파는 3회 실시하는데 처음에 격파 못 하면 손날이 아프고 힘이 들어가 두 번째는 어렵다.

15중대 차례가 왔다. 중대장이 나에게 겁먹지 말고 최대한 원을 그리며, 연습한 대로 정확하게 가장자리를 격파하라고 했다. – 아침에 쓸데없이 수도 단련을 해서 손이 더 아프다. – 힘찬 구호와 함께 정확히 내리쳤다. 쾅 하는 소리와 함께 격파가 되었다. 빨간 벽돌 한 장 격파에 성공한 것이다. 내 벽돌이 금이 갔나? 모두 격파가 끝나니 손날이 아프기 시작하고 손목이 부어오른다. 뼈에 금이 갔는지 의무대에 가봐야겠다.

여름이 오는데, 올해는 3년마다 실시하는 국군의 날 행사를 한다고 한다. 여의도광장에서 하는 국군의 날 행사는 군사정부 시절의 성대한 행사 중 하나이다. 국군의 날 행사 중 꽃이라 할 수 있는 '하

16. 국방부 시계는 돌아간다

늘의 백장미- 고공침투와 집단강하', '태권도 시범', '열병 및 분열, 사열', '시가행진' 등 특전사령부에서 거의 도맡아 행사를 진행하는 것이다. 그중에서 올해 우리 대대는 '경호경비' 임무에 투입된다고 한다. 경호 훈련을 위하여 다음 달부터 국군의 날 행사일까지 전 부대원은 야외훈련을 중지하고 모두 국군의 날 행사를 위한 훈련을 한다는 것이다.

국군의 날 행사 중 주요 임무는, 1공수에서 '하늘의 백장미- 집단강하'와 '경호경비'를 담당하고, '고공침투'는 특전사령부 고공부대에서, '태권도 시범'은 3공수에서 담당하고, '열병 및 분열, 사열'은 5공수에서 담당한다. 우리 1공수에서 맡은 집단강하와 경호경비 중 2대대가 집단강하를 하고 우리 대대는 경호경비를 한다. 이 무더운 여름에 '뻗치기'로 하루를 보낸다는 것이다. 집단강하를 맡은 2대대는 하루 두 번만 집단강하를 하면 하루가 끝나니 얼마나 좋을까. 그러나 태권도 시범을 보이는 3공수나 분열로 시가행진을 하는 5공수는 더 힘들겠다고 생각했다. 내일부터는 연병장에서 오전 오후 각 4시간씩 뻗치기 연습을 하는 것이다.

행사 3개월 전 훈련 1일 차, 뻗치기 훈련은 가만히 서있는 훈련이니 편하다는 생각을 할 수 있는데, 세상에 군대 훈련이 쉬운 훈련이 있을 리 만무하다. 처음 한 시간 정도는 서있을 만하다. 한 시간이 지나고 두 시간이 되면 화장실도 가야 하고 다리가 당기며 무릎이

30배, 60배, 100배의 결실

아파오고 총을 든 팔에 경련이 나는 등 뜨거운 태양에 쓰러지는 대원도 있는 것이다. 훈련 1개월이 지나고 이제 두 시간은 보통이고 세 시간이 되어야 다리에 경련이 오는 정도로 단련이 되어 간다.

휴가와 외출 없이 무덥고 지루한 훈련이 지나고, 드디어 1981년 10월 1일, 국군의 날이 왔다. 새벽 4시에 기상하여 여의도광장으로 갔다. 청와대 경호실에서 어제부터 여의도 일대의 주변 수색을 하고 새벽 5시부터는 우리가 인수하여 경호경비에 들어갔다. 대통령과 국빈이 있는 로열박스 1선에 경호실에서 경호를 하고, 2선에는 수도방위사령부에서, 3선에서 우리가 경호하는 것이다. 로열박스를 중심으로 전면 행사장을 제외한 좌·우·후면의 경비를 하는 것이다.

오전 7시, 국군의 날 행사장인 여의도에 도착하여 간단하게 빵으로 아침을 때우고 경호에 투입된다. 오전 9시부터 부산하더니 10시 본 행사가 시작되고 나팔 소리와 구령 소리, 함성과 박수 소리는 들리는데 행사장 뒤에 서있으니 무슨 일이 벌어지는지도 모른다. 비행기 소리가 들리더니 하늘에서 집단강하가 시작된다. 행사의 대미인 '집단강하'가 펼쳐지는 것이다. 비행기 다섯 대에 각 50명씩 250여 명이 낙하산을 타고 내려오는 모습이 장미꽃처럼 보여 '하늘의 백장미'라고 하는 것이다. 행사가 끝나고 경호구간이 팀별로 해제되더니 우리 중대의 경호구간이 해제되었다. 길고 긴 국군의 날 행사가 끝이 나고 또 국방의 의무로 하루를 보낸다.

17. 끝내지 못한 숙제 ⑵

이듬해 봄, 우리 대대에 전입하여 온 서 상병이 나를 은밀히 부른다.

"이 병장님, 올해 유격훈련 열외 하는 방법이 있습니다."
"정기점프에 다리를 부러뜨리는 거?"

실제로 강하 시 다리가 부러지는 병사도 가끔 있다. 고의로 그런 것은 아니지만 훈련에는 제외되는 것이다. 내 후임이 하는 말은 자격증 시험을 쳐서 1차 합격하면 2차 시험을 위하여 공병학교에 파견을 보내주는 과정이 있다는 것이다. 올해 12월 제대를 앞둔 내가 듣기에 상당히 구미가 당기는 제안(?)이 아닌가. 더군다나 작년부터 새로이 시작하는 유격훈련은 한 달 반짜리 훈련으로 유격훈련과 천리행군으로 열외가 된다면 할 만한 도전이다.

서 상병과 같이 시험공부를 시작하였다. 책 한 권이면 된다고 시작하였는데 토목과 출신이 화공과 과목을 공부하려니 온통 모르는 용어였다. 시험날이 다가와 공부가 부족한 것 같아 책 한 권을 모두 베

30배, 60배, 100배의 결실

껴 핸드페이퍼를 만든 것이다. 길이 1m, 폭 1.2cm의 페이퍼에 책 한 권을 옮겨 적으니 저절로 외워졌다. 위험물취급기능사(4류) 2급 1 차 시험이 합격한 것이다. 다음 달부터 실시한다는 유격훈련을 앞두고 부천에 있는 공병대대에 파견을 가도 좋다는 대대장의 허락이 떨어졌다. 나중에 보니 제 놈 혼자 하기는 눈치가 보이니 대대 선임인 나와 같이 가자고 이용한 것이다. 그래도 훈련도 열외하고자 자격증 공부도 도와주니 고마운 전우다.

"이 병장님, 저가 이 병장님을 위하여 기도할 테니 나중에 교회에 나가시면 저가 기도하여 교회에 가신 줄 아십시오."

부천에 있는 공병대대에서 서 상병과 두 달간 합숙하며 2차 시험 공부를 하였다. 2차 시험은 주관식 문제도 있고 계산 문제도 있는데 이왕지사 시작한 길이고 또 불합격하여 복귀하면 그 눈치는 어찌 감당하랴. 두 달 기간 서 상병의 도움을 받아 2차 시험을 통과하여 '위험물취급기능사' 자격증을 가지고 복귀하니 유격훈련을 마치고 온 중대원들도 반갑게 맞아주었다. 위험물취급기능사(4류) 2급은 석유, 휘발류를 취급할 수 있는 자격증으로 주유소를 하려면 이 자격증이 있어야 한다니 꽤 쓸모가 있는 자격증으로 서 상병이 고마웠다. 지금은 어느 교회의 담임목사로 봉사하고 있으리라 생각한다.

다음 주 수영훈련을 앞두고 정기강하 훈련이 있다. 다음 달에 중사

17. 끝내지 못한 숙제 (2)

진급한다는 박 하사가 오더니 나를 은밀히 불렀다. 정기강하 시 사고를 내자는 것이다. 강하 때 고의로 낙하산을 엉키게 사고를 내고 부상으로 후송 가자는 것이다. 작년 수영 훈련할 때 저도 나도 수영을 잘못하여 바닷물을 한 드럼이나 먹은 기억도 있고 또 내가 전역도 몇 개월 안 남았으니 동조하리라 생각한 모양이다. 내가 웃으며 나는 낙하산 사고 내고 죽고 싶지 않으니 차라리 한 발로 착지하면 다리 부러진다는데 혼자서 하는 게 어떠냐고 했다.

전역 5개월을 남기고 8월이 왔다. 서해안 대천 해수욕장 근처 방공포 부대에 매년 한 달간 수영훈련을 간다.

전 대대원이 조교를 제외하고 수영 실력을 기준으로 A조, B조, C조로 나뉘어 실시한다. 나는 당연히 C조로 들어갔다. 인사계(선임상사)가 "너 작년에도 C조 받더니 올해도 C조야?" 그러거나 말거나 C조로 시작한다.

모래사장에서 PT를 한 시간 하고 지상훈련을 하였다. 오후에 물에 들어갔는데 물 한 바가지 먹었다. 짭짤한 서해 바닷물이 작년에 이어 올해도 한 드럼은 먹게 될 거 같다. 가뜩이나 개헤엄에 영법이 안 나오는데 작년에 스쿠버 갔다 와서 조교가 된 손 하사가 자꾸 물을 먹인다. 내가 장기 하사였으면 벌써 UDT 갔다 왔다. 병은 전문교육 대상이 아니라 갈 수 없다.

30배, 60배, 100배의 결실

사흘이 지났다. C조도 잘 안 되는데 B조로 가라고 한다. 별 차이도 없지만 B조로 가면 더 깊은 바다로 들어가서 나만 고생한다. 저녁을 먹고 단독군장에 운동화를 신고 보초근무를 나가서 가만히 생각하니 보통 일이 아니다. 내 머리만 한 돌로 오른발 발등에 떨어뜨렸다. 돌이 발등에 닿기 전 발이 쏙 빠져나왔다. 다시 한 번 떨어드리고 또 발이 저절로 빠지고 다시 한 번 하는 사이에 발등의 여기저기 상처가 생겼으나 그만둘 수 없었다. 다시 한 번…. 약 30분 정도를 반복하는데 발등이 띠~잉! 하는 감각과 함께 팽팽하게 부어오르는 것이 아닌가. 발을 절뚝이면서 텐트로 와 취침을 했다. 발이 부어오르고 아팠으나 단잠이 온다. 이튿날 아침 인사계를 찾아갔다. 어제 불침번 서고 오다가 발을 다쳤다고 했다. 송 상사(인사계)가 빙긋이 웃더니 "의무대 가서 치료받고 압박붕대로 싸매고 오늘부터 열외해라."라고 한다. 인사계가 대대장보다 더 높다고 생각될 때가 가끔 있는데 이럴 때 그런 것이다.

오늘부터 보트 훈련할 때까지 열외다. 부상병 둘과 함께 셋이서 화장실 통을 비우는 일이 하루 일과다. 화장실 대변통을 비우고 빈 통을 불로 태워 다시 화장실에 두는 일인 것이다. 일주일이 지나고 오후 세 시 사이렌이 울린다. 대대원 한 명이 뛰어가길래 무슨 일이냐고 했다. 오후 훈련 물에 들어간 대원이 아직 안 나왔다고 했다. 오후 여섯 시, 전 대대원이 손을 잡고 물이 빠지는 바다로 대원을 찾으러 걸어 들어갔다. "여기요!" 하는데 물속에서 양반 자세로 앉아있는

17. 끝내지 못한 숙제 (2)

대원이 발견되었다. 앉은 자세 심장마비로 죽은 것이다. 이번 달에 중사로 진급한 박 중사다.

"받들어 총!"

어제 전사한 박 중사의 유해가 실려 나간다. 부모님은 오열을 하시는데 우리는 그저 총을 거꾸로 하여 '받들어 총!' 경례 한 번으로 울고 웃으며 생사고락을 함께하던 전우의 조문을 대신할 뿐이다.

"박 중사님 잘 가시요!, 훈련 없는 곳에서 평안하시기를 기도하겠습니다."

다음 주, IBS 해상침투 훈련이 시작되었다. IBS(Inflatable Boat Small)는 해상침투용 고무보트를 말하는 것으로, 공중침투나 해군의 상륙함으로 목표 해안에 도달하면 IBS를 바다에 진수하여 목표를 폭파하거나 제거하는 훈련이다. 보트를 타고 이동하는 건 간단하지만, 훈련에 들어가면 보트를 머리에 지고 하는 체조부터 시작하여 선착순 달리기, 모래사장 구보 등 지상훈련과 바다에서 하는 해상훈련이 있는데 바다에서 하는 훈련은 뭐든 쉬운 게 하나 없다.

특히나 수영은 더더욱 그렇다. 물속에서는 숨을 쉬지 못하니 장사가 없는 것이다. 이로써 군대에서의 수영훈련이 끝이 나고 또다시 '끝

30배, 60배, 100배의 결실

내지 못한 숙제'인 수영이 하나 더 늘었다.

1982년 12월 23일, 크리스마스이브를 하루 앞두고 전역하였다.

17. 끝내지 못한 숙제 (2)

18. 나의 잃어버린 갈빗대, 레게머리 아가씨

1983년 새해가 밝았다. 전역 후 몇 주를 고향에서 보내고 대구로 올라왔다. 대구는 대학 친구들과 직장 친구들이 제법 있으니 따분한 고향보다는 지내기가 더 편하다. 군 입대 전 같이 근무하던 고교 1년 선배인 상혁이 형을 찾아갔다. 형이 대아기술공단에서 모시던 박 상무께서 대구시청 근처에 새로이 '성진기술단'이라는 측량업을 등록하여 거기에서 근무하고 있었는데, 나를 추천하여 같이 근무하게 되었다.

하루는 박 대표의 조카인 박지훈과 저녁을 먹는데 그의 여자친구가 찾아왔다. 홍유미라고 소개를 하는데 화장품회사에 근무한다고 하고 외모는 지훈이보다 훨씬 나은 것 같았다. 그 후 몇 번을 만나면서 미스 홍이 나에게 여자친구 있느냐고 했다. 나는 없지만 괜찮은 친구가 있으면 소개를 해달라고 했다. 그러면서 나는 수출품이 아니면 만나지 않으니 국내 소모품은 소개하지 말라고 농담을 했다. 며칠 후 미스 홍의 소개를 받아 시민운동장 앞 음악다방에서 그녀와 같이 근무하는 아가씨를 만나기로 하였다. 별 기대도 하지 않고 슬리퍼를 신고 미팅 장소로 나갔다. 앉아있어 키는 잘 몰라도 까만 눈을

30배, 60배, 100배의 결실

반짝이며 레게머리로 땋은 긴 머리를 몇 가닥 늘어뜨린 아름답고 인물이 훤한 아가씨를 만났다. 여자의 인물이 훤하다는 것은 예쁘다는 표현과 달리 인물이 빛이 난다고 해야 할 만큼 아름답고 훤한 인물의 소유자였다. 그 외에 옷차림도 대구에서 제일 번화가인 동성로에 나가도 빠지지 않을 만큼 세련된 모습에 풍기는 이미지가 좋은 집안에서 귀하게 자란 아가씨 같았다.

"키가 크신데 얼마나 돼요?"
"167cm예요."

아무리 봐도 나의 처지와 잘 맞지 않는 것 같은 분이었다. 나는 인물도 별 볼품이 없고 체격도 겨우 172cm 60kg의 깡마른 몸이며, 학벌도 그렇고 변변한 직업도 없고 집안을 생각해도 이미 몰락하여 어머니도 안 계신 그야말로 내 세울 게 아무것도 없다 보니 오히려 마음이 편해졌다. 다시 만나자고 말할 용기도 처음부터 없었기 때문에 교양 없는 말투로 일관하다가 헤어졌다. 다음 주 박지훈과 그의 여자친구 미스 홍과 같이 저녁을 먹는 자리에서 미스 정과 다시 만났느냐는 것이다. 아무 생각 없이 아니라고 했더니 나에 대하여 상당한 호감을 가진 것처럼 말을 했다. 체격도 좋고 말도 시원시원하게 잘한다는 것이다. 체격? 알고 보니 미스 홍의 남자친구 지훈과 상대적으로 비교하면 좋은 게 맞는가 생각했다. 지훈의 체격은 160cm가 겨우 넘은 키에 50kg의 체격이니 나와 둘이 가면 장군같이 보였나 보다. 또 교양 없이 시원하게(?) 한 말이 자신감 있다고 본 것인가 제 눈에 안경이라고. 또한 지훈은 자기 사업을 하다 보니 만나는 레벨이 모두 대표급이었다. 그래서 나도 덩달아 가치가 올라갔나 하고 생각했다. 이어지는 미스 홍의 말에 고개가 끄덕여졌다.

그녀는 대구 제일의 번화가 동성로 미용실 원장의 추천으로 참가한 'MBC 방송국 주최 미스코리아 대구·경북지역대회'에 참가하려고 부모님과 의논하였다. 그런데 완고한 정씨 집안에서 양반이라는 자부심으로 살아오신 그녀의 아버지께서 '여자가 어디 다 벗고 사람 앞에 다니느냐'는 한마디로 본선에 나가보지도 못하고 포기하였으며, 더 기가 막힌 것은 내가 만난 그날의 레게머리 스타일 파마는 그녀가 평생 처음 한 파마인데, 그녀의 어머니에게 '머리카락 다 뽑히고 쫓겨날 뻔하였다'는 말에 도시의 화려한 외모와 달리 선비 동네에서 곱게 자란 그녀가 내 가슴으로 들어왔다.

그녀의 가족들과 주변의 친구들이나 회사의 상사들과 그녀의 고등학교 선생님도 나를 만나는 그녀를 이해하지 못했다. 집안은 몰라도 직업이 무엇인지 학벌은 어떻게 되는지 몇 마디 말에 나는 탈락한 것이다. 또 외모와 체격을 보아도 점수를 줄 만하지 못하다는 것을 나도 알았으나 그 모든 것을 모르거나 초월한 사람은 그녀 한 사람이었다.

30배, 60배, 100배의 결실

그녀의 집안은 그로부터 사십 년이 다 되어가는 요즘도 기제사와 명절차례에 유수지(제례복)를 입고 차례를 지내니 그 당시 수영복 차림으로 미스 코리아에 출전하거나 레게머리 파마를 이해할 수 없는 부모님의 성품은 오랜 유교 풍습에 젖은 나로서는 충분히 이해되었다.

창세 전부터 나를 택하신 하나님께서 그렇게 나의 잃어버린 갈빗대를 찾아주셨다.

"오늘 접선 한 번 하시죠."

그 후에도 몇 번 지훈 커플과 같이 만나면서 봄이 지나갔다. 5월 중순이었으나 여름이 오는 데 수성동 자취하는 집에 그녀가 찾아왔다. 얼마 되지 않는 봉급으로 여기저기 쓰면 남는 게 없다. 자취 집에서 하루 한 끼도 잘 먹지 않으니 곤로에 석유가 없어 봄에 들여놓은 연탄불로 밥을 해 먹기도 하다 보니 연탄불이 들어온 방은 더워서 앉아 있을 수가 없었다. 난감했으나 꾸밈없이 보여주는 나의 모습이 나름대로 진심으로 느꼈는지 또 내가 아연하게 보였는지 알 수 없으나 그 후에도 그녀는 나를 만나주었다.

서울에 있는 삼환기업주식회사에서 연락이 왔다. 지난번 측량 부분 해외 근무자 모집공고에 지원한 것이 합격된 것이다. 이제 다음 달이면 사우디아라비아로 가니 지훈 커플과 같이 경주로 주말여행을 가기로 했다. 그녀도 연고가 있어 낯설지 않은 경주로 여행을 가기로 약속한 것이다. 경주의 불국사에서 첨성대를 돌아 안압지로 반월성 잔디에 앉아 지난 이야기들을 서로 나누며 가는 시간이 아쉬웠다.

저녁이 되어 대구행 마지막 고속버스를 타고 오는데 옆자리에 앉은 나와 그녀는 처음 손을 맞잡았다. 그 전에 데이트할 때는 손이 스쳐도 잡지 못했는데 이제는 손을 맞잡는 사이가 되었다. 확실한 미래를 약속할 수 없어도 오래도록 변치 말자고 하는 나의 말에 힘이 없었다. 그러나 잡은 손에 힘을 주면서 사우디아라비아에 가서 1년에 천만 원씩 3년만 저축하면 2층 양옥집을 살 수 있으니 그때까지 나를 기다려 달라고 하였으나 자신 없는 그녀의 대답에 할 말을 잊었다. 나 역시도 약속 아닌 부탁이었으니 그녀가 기다려 줄 것이라는 자신은 없었다.

1983년 7월. 사우디아라비아로 출국하는 날이 다가왔다. 동대구역에서 새마을호 열차를 타고 서울역으로 가서 김포공항으로 가는 것이다.

그녀가 동대구역으로 배웅하러 왔다. 새마을호 시간이 되어 그녀도 입장권을 가지고 승차대까지 들어 왔다. 저기서 새마을호가 들어온다. 열차에 오르고 잘 다녀오겠노라고 작별 인사를 했다. 너무나

30배, 60배, 100배의 결실

아쉬운 나는 용기를 내어 서울까지 같이 가자고 했다. 새마을호는 24시간 서울과 대구를 거쳐 부산까지 다니므로 서울에 가서 새벽차를 타고 내려오면 되니 같이 가자고 했다. 그녀도 거절하지 않고 열차에 올랐다. 서울까지 가는 4시간이 왜 그렇게 빨리 가는지 아쉬운 시간은 특급열차보다 더 빨리 지나갔다. 서울역에 도착하니 밤이 늦었다.

새벽 1시 30분, 대구로 가는 새마을호 열차표를 샀다. 열차에 오르는 그녀를 배웅하려 입장권으로 열차에 올랐다. 기적 소리와 함께 출발하는 열차에서 나는 내릴 수가 없었다. 그녀를 배웅하기 위하여 다시 대구로 같이 출발한 것이다. 빈자리에 그녀를 앉히고 달리는 까만 밤의 특급열차 창가로 지나가는 풍경들이 슬픈 영화의 필름처럼 스치고 지나간다. 긴 시간은 아니나 우리가 만났던 시간이 아름다운 모습의 선물처럼 다가온다. 오늘 그녀는 나를 배웅하려고 서울까지 왔다가 다시 대구로 내려간다. 그녀로서는 작별이라는 순간이 아쉽고 또 소중하고도 그리움이라는 아름다운 마음으로 그러했으리라.

미스 정을 만나는 동안 그녀를 제외하고 누구도 나를 환영하지 않았던 현실이 야속하기만 했으나 누구도 원망하지 않았다. 양친이 계시는 반듯한 집안에 훤칠하고 아름다운 미모를 가진 여성을 누가 호감이 없겠냐만 환영받지 못하는 나로서는 이번 기회에 그녀도 자기의 수준에 맞는 짝을 찾아 영원히 서로의 갈 길을 가는 것이 현명한

18. 나의 잃어버린 갈빗대, 레게머리 아가씨

선택이라고 생각하는데 새벽 미명이 밝아오고 있다.

새벽 6시, 다시 동대구역에 도착한 우리는 오늘의 작별이 영원히 헤어질 것 같은 예감으로 이제는 안녕을 고하며 돌아서는 발등에 떨어지는 눈물을 삼키고 서울로 왔다. 김포공항까지 어떻게 왔는지 모르나 공항에서 나를 기다리는 삼환기업 인솔자를 만나니 그때야 정신이 들어 비행기에 올랐다. 장장 13시간을 날아서 사우디아라비아 젯다공항(킹 압둘아지즈 국제공항)에 도착하였다.

젯다공항의 트랩에 내리는 순간 뜨거운 열기가 화아~~악! 하고 얼굴을 덮친다. 섭씨 50도라는 불볕 같은 더위에 숨이 콱 막히며 내가 앞으로 여기서 근무할 생각을 하니 아득하였다. 이것은 밤늦은 시간 논산훈련소에 도착하여 처음 받은 짬밥에서 나는 냄새, 그때 나는 내가 앞으로 해야 할 군대 생활이 아득하게 느껴진 바로 그 기분이었다.

그래, 이 느낌은 바로 그 기분과 같구나. 공항에서 보이는 끝없이 아득한 모래 속의 지평선 너머에 있을 그녀와 영원히 오지 않을 것 같이 까마득한 전역일을 기다리는 군대 생활이 오버랩(overlap)되어 모래바람 속으로 날아간다.

30배, 60배, 100배의 결실

19. 사우디아라비아 홍해 바다
··

       사우디아라비아 젯다는 홍해와 연접한 서부의 항구도시로, 인구 약 4백만 명이 살고 산업 규모는 세 번째 정도 되는 도시이다. 기원전 6세기 무렵부터 도시가 있어 역사적으로 유구하며, 구도심 알 발라드는 히자즈 양식의 옛 건축물이 즐비한 주요 관광지 중 하나라고 한다. 젯다공항에서 한 시간 정도를 달려 삼환기업 젯다 현장 캠프에 짐을 내렸다.

    삼환기업은, 1973년 사우디아라비아의 '젯다 미화 공사'를 수주하여 우리나라에서 제일 처음 진출한 건설 회사로 임직원들의 자부심이 대단하였다.

    1974년 10월 젯다에 진출한 삼환기업에 젯다시장으로부터, 이슬람교도들의 순례 기간이 시작되는 12월 20일까지 젯다에서 메카까지 20km 거리의 8차선 도로 공사를 해달라는 요청이 있었다고 한다.

    왕복 8차선, 길이 20km의 도로 공사를 두 달 안에 한다는 것은 불가능한 것인데 그 요청을 수락한 것이다. 절대적으로 부족한 공사

기간에 대하여 새로운 안이 나왔는데, 그것은 횃불을 밝혀 야간 공사를 강행한다는 것이었다. 횃불에 기름을 적셔 밝히고 야간 공사 및 철야 공사로 불가능한 공사 기간에 도전한다는 것이다. 폭염이 극성을 부리는 낮에 두세 시간을 자는 것으로 모든 근로자가 한 덩어리가 되어 공사를 해 나갔다고 한다.

수백 개의 횃불이 줄줄이 타올라 밤마다 장관을 이루는 가운데 처음에는 신기한 구경거리로 보던 젯다 시민들도 그 횃불 아래 중장비를 동원하여 도로 공사를 하는 것을 알고는 놀라고 말았다. 낮도 없이 밤도 없이 일하는 사람들 그들은 바로 '꼬리(코리아, 한국 사람을 일컫는 말)'라고 금세 화젯거리가 되었다. 어느 날 왕의 밤 행차 시 수없이 일렁이는 횃불을 보고 놀라 왕은 '저게 무엇이냐'고 물었다. 그것은 무슨 난동을 부리는 횃불이 아니라 알라신의 거룩함을 축복하는 순례의 길을 닦는 공사임을 알고 사우디의 파이잘 왕은 크게 감탄하고 기뻐하여 명을 내렸다고 한다.

"아하! 저런 장한 국민도 다 있구나. 저렇게 부지런하고 성실한 국민들에게 앞으로 더 많은 공사를 맡기도록 하여라!"

이 사실이 사우디아라비아 신문에 보도되었고 '꼬리'에 대한 호감은 더욱더 높아지고, 국왕의 격려와 신뢰에 고무된 근로자들은 공사에 박차를 가하여 마침내 순례 기간이 되기 전에 메카까지의 8차선

30배, 60배, 100배의 결실

도로 공사를 완료하였다고 한다. 불가능을 가능으로 실현한 그 공사는 '횃불 신화'라고 불리며 여러 사람의 입에서 입으로 퍼져나갔다. 그리고 꺼지지 않는 신화의 횃불이 밝히는 길을 따라 한국의 기업들은 손쉽게 사우디아라비아와 중동에 진출하게 되었다고 한다. (조정래의 소설 『한강』에서)

현장 캠프는 젯다 시내에서 약 한 시간 외곽에 있는 콘센트 막사였다. 함께 온 직원들과 현장별 숙소가 배치되었다. 숙소는 5~6명이 같이 사용하는데 더위는 여전하였으나 성능이 좋은 에어컨이 있어 별 어려움이 없었다. 아침 8시경 현장으로 나가는 버스를 타고 간선도로 현장이나 마을과 마을을 잇는 소규모 현장까지 여러 곳의 현장에 각자 하차를 하고, 근무 후 퇴근 버스를 타고 다시 각 현장을 돌아 캠프로 오는 것이다. 현장에는 태국인, 파키스탄인, 예멘인, 필리핀인 순으로 많았다.

우리가 사우디아라비아에 왔다는 것을 실감하는 것은 기도 시간인데, 하루 다섯 번씩 기도 시간이 되면 상점도 문을 닫고 현장의 무슬림 인부들도 일을 멈춘다. 기도는 코란을 암송하는 등 약 5분 정도 시간이 걸리나 현장에 복귀하는 인부나 상점이 문을 여는 것은 30분 정도 있어야 한다.

또 이곳 여성들의 의복은 검은색으로 온몸을 가리는 '아바야'와 눈만 보이고 얼굴을 가리는 '니캅'이라는 얼굴 가리개를 쓰고 다닌다. 일부 이슬람 국가들이 얼굴을 내놓고 머리만 가리는 '히잡'보다는 보수적이고, 얼굴은 물론 눈까지 망사로 가리는 '부르카'보다는 개방적이라고 하나 외국인 여성들에게까지 '아바야'를 강요한다고 하니 아랍권에서 가장 보수적인 국가임에는 틀림이 없다. 높은 담장으로 둘러싸인 여학교 인근에서 측량하다 보면 어린 학생들이 '니캅'을 쓰고 아이스크림 먹는 모습을 보는데 '니캅'을 들고 한 입 먹고 덮고, 또 '니캅'을 들고 한 입 먹고 덮고 가는 모습에 실소를 금하기 어려웠으나 애처롭게 보이기도 하는 특이한 풍경이다.

매일 리퀘스트(과업 지시서)로 업무가 지시되는데 보도블록 공사를 하는 팀과 일정을 맞춘다. 보도블록 공사는 간선도로와 일반 도로에 보도 공사를 하는 것으로, 간선도로는 휘니샤(아스콘으로 도로에 포장하는 중장비)로 아스콘을 타설하고 로라가 다지면 아스팔트 도로 공사가 완료되고, 완료된 도로구간에 중앙분리대와 사이드 분리대의 경계를 결정하는 측량을 하면 그 경계에 따라 보도 경계석을 설치하는 것으로 도로 공사가 끝이 난다.

나는 측량 보조 두 명과 셋이서 한 팀을 이루어 매일 과업 지시서에 따라 각 현장으로 측량을 나가 목요일이 되면 일주일이 끝이 난다. 이슬람교는 금요일이 휴일이므로 목요일 저녁이면 약 1시간 거리에 있는 홍해 바다 해변으로 문어를 잡으러 가거나 밀린 빨래를 하고 영화를 보기도 하고 휴식을 취한다. 목요일은 우리의 토요일과 같고, 금요일은 우리의 일요일과 같은 것이다.

홍해 바다에는 문어가 많이 있는데, 무릎까지 오는 얕은 물이 200~300m, 허리까지 오는 물이 또 100m에 이르는 바다로, 그다음 50m를 더 가면 깊이를 알 수 없는 깊은 해저로 들어간다. 우리는 주로 낮에 얕은 물에서 문어를 잡고 밤에는 횃불을 들고 낙지를 잡는다. 나도 처음에는 잘 잡지 못하여 다른 사람들이 잡은 것을 얻어먹기만 하였으나 점점 시간이 흐르면서 문어를 잡는 법도 제법 능숙해졌다. 새로이 한국에서 오는 인부들에게 알려주기도 하고 잡은 것을 나눠주기도 했다.

문어는 가는 철근의 끝을 갈고리로 만들어 돌무더기의 구멍에 넣고 돌무더기를 드나들던 문어가 다리를 감싸면 당기는 힘을 적절히 이용하여 당기면 딸려 나온다. 문어가 있어도 너무 힘이 강하면 다리만 떨어지고 문어는 나오지 않는다. 어떤 놈은 바다 위에 대머리처럼 올라왔다 내려갔다 하면 갈고리로 머리를 꿰어 잡기도 한다. 돌무더기 바닥에서 그냥 다니는 문어도 있는 것처럼 여기는 문어가 지천이다. 큰 문어의 길이는 내 키보다 더 큰 문어도 많다. 이곳 사람들은 종교가 이슬람교(무슬림)로 비늘이 없는 고기를 먹지 않는다. 이곳은 문어, 오징어, 낙지 등 두족류가 많이 있고, 좀 더 깊이 들어가면 어종이 풍부하여 도미 종류와 이름을 알 수 없는 이곳의 고유 어종과 상어도 낚을 수 있는 낚시꾼들의 천국이라고 한다.

또 일주일간 도로 공사를 하면서 보아둔 '장미석' 채굴을 하러 가기도 한다. 여기는 '장미석'이라는 돌이 있는데 모래 속에서 오랫동안 모래가 굳어져 그 모양이 장미꽃과 같은 모양으로 굳어진 돌을 '장미석'이라고 한다. 어떤 것은 가지에 장미꽃 봉우리가 맺힌 듯한 것을 캐기도 한다. 사람이 삽이나 괭이로 파낼 수 있는 깊이가 아니고 포크레인을 동원하여 깊이 파야 장미석이 나온다. 장미석은 모래가 굳어 돌이 된 것으로 시간이 지나면 모래가 된다고 하는데 내가 가지고 있는 손바닥만 한 장미석은 아직도 그 모양 그대로이다.

한 달이 지났다. 잊고 있었던 아니 잊으려고 했던 그녀에게 편지를 쓴다. 답장을 기대하지 않고 편지로나마 접선이라는 말을 담아 안부를 전한다. 이곳의 날씨와 식사와 이국의 생활에 조금씩 적응하며 내가 느끼는 현실과 한 달의 성과에 대하여 소식을 전하며 장래의 기대도 같이 전하였다.

그녀에게 답장이 왔다. 왜 이렇게 늦게 편지를 쓰냐며 서글서글하고 까만 눈을 흘기는 것 같았다. 그녀에게 답장이 오다니 정말 놀랄 일이 아니고 무엇이랴. 이제 나의 매일의 일과 중 제일 중요한 일이 편지를 쓰는 것이다. 내가 쓰기도 전에 그녀가 먼저 쓰는 경우도 있었다. 국제우편은 화물로 온다. 여러 도시와 여러 캠프를 거쳐 오니

30배, 60배, 100배의 결실

어쩔 때는 편지가 두 장씩 오기도 한다. 또한, 그녀의 편지에는 추석 선물로 멋있는 셔츠를 보낸다고 했는데 편지만 오고 물품은 없는 것이다. 그래서 선물은 보내지 말라고 했다. 가끔 다른 인부들은 한국에 국제전화를 한다고 했다. 전화는 어떻게 하는지 알아보니 젯다의 전화국에 가서 국제전화 신청을 하면 가능하다고 한다. 다음 전화하러 가는 사람 편에 같이 가서 그녀와 전화를 하여야겠다.

19. 사우디아라비아 홍해 바다

20. 국제전화와 무면허 운전사

오늘은 국제전화를 하러 간다. 밤 11시 도요타 픽업 6
인승을 타고 젯다 시내의 전화국으로 갔다. 한국과 젯다는 여섯 시
간의 시차가 있어 지금 전화국에 가면 차로 한 시간 정도 소요되어
여기는 새벽 2시, 한국은 오전 8시 각 회사의 출근시간과 비슷하다.
전화국에 도착하여 국제전화를 신청하였다. 한국과 연결되면 전화
박스 번호를 알려주고 박스 안으로 들어가 한국의 번호 002-82-
053-516-8282를 재빨리 눌러야 끊어지지 않고 연결이 된다. 만약
많은 숫자를 누르다가 끊어지거나 연결 안 되면 통화를 못 하는 것
이다. 또 자리에 사람이 없어 연결할 수 없으면 비싼 전화요금으로
기다릴 수도 없어 전화를 끊어야 한다.

오늘은 그녀가 자리에 없어 통화를 하지 못하였다. 전화국에는 세
계 각국의 다양한 사람들이 줄을 서서 기다리고 있어 다시 신청하려
면 또 줄을 서서 기다려야 한다. 그러나 한 시간 거리의 캠프에 돌아
가는 일행들과 보조를 맞추어야 하니 다음을 기약하고 돌아가야 한
다. 지금은 다른 사람의 차를 빌려 타고 왔지만 내가 운전을 배우면
그때는 오기가 편할 것이다. 이 밤 그녀에게 전화하기 위하여도 운전

30배, 60배, 100배의 결실

을 배워야겠다.

여기는 많은 사람이 운전을 할 수 있다. 자동차는 도요타 픽업 3인 승이 가장 많으며, 승용차는 현장의 소장과 부장이 타는 2대만 있다. 공구장(본사 과장, 부장급)도 픽업을 타고 다닌다. 요즘 6인승 도요타 새 차가 들어왔다. 자동차가 없으면 현장을 갈 수 없고, 공휴일에 생필 품이나 쇼핑을 가지도 못한다. 전화국에 못 가는 것은 물론이다. 현장 에 갈 때 픽업 옆에 타고 가면서 운전하는 방법을 자세히 봐두고 현장 에 빈 차만 있으면 올라가 본다. 차 키가 없어 시동은 못 걸어도 운전 석에 앉아 자세를 잡아 본다. 한국에서 운전을 못 했던 사람도 여기에 서 배워 운전하는 직원도 많다. 여기는 모두 국제면허증 없이 무면허 로 운전을 하고 다닌다. 그래도 한 현장에서 1년에 한 명 정도만 무면 허로 걸린다. 당시 무면허 벌금이 2,000리얄(한화 약 30만 원)인데, 국 제면허증 발급 수수료와 비슷하니 무면허로 다니는 것이다.

측량을 마친 후 퇴근하려고 버스를 타니 공구장이 나를 부른다. 버스에서 내리니 캠프까지 자동차를 한 대 가져가자고 한다. 자동차 가 두 대라 현장에 두고 가지 못하니 가지고 가자고 한다. 나보고 "운 전할 줄 알지?" 하면서 가버린다. 자동차를 보니 매일 타고 다니던 도요타가 아니었다. 운전석에 앉아 기어를 보니 버스처럼 길고 기어 손잡이에 쓰여있는 숫자도 다 닳아 안 보인다. 일단 좌측 위로 올리 면 1단, 내리면 2단으로 시작하여 오른쪽으로 가면서 기어가 올라갈

20. 국제전화와 무면허 운전사

것이다. 공구장은 벌써 가버리고 황량한 사막 가운데 나 혼자 남았다. 물어볼 사람도 없고 이젠 끌고 가나 메고 가나 내 책임이다.

1단으로 놓고 변속 없이 가고 있다. 가기는 가는데 속도가 나지 않는다. 속도를 올리려고 2단으로 올렸다. 차가 꽉! 섰다. 깜짝 놀라서 다시 2단으로 내리니 차가 휙~! 하고 간다. 땀을 한 바가지 흘리고 겨우겨우 캠프에 도착하니 아홉 시가 넘어 공구장도 내가 오기를 한참 기다렸나 보다. 한 시간이면 되는 거리를 오늘은 두 시간 넘게 걸렸다. 나중에 보니 처음 기어가 3단이고 2단으로 올린 기어가 1단이었다. 이날부터 운전하기 시작했다. 나의 측량팀 전용차가 나오기까지 이 차 저 차를 많이 운전하다 보니 운전 실력이 점점 늘어갔다. 이제 목요일이 되면 차를 빌려 홍해 바다 해변으로 측량팀을 데리고 다닌다.

그녀에게 온 편지가 차츰 쌓여 갔다. 편지 속의 그녀는 늘 나를 걱정해 준다. 열사의 사막이라는 말을 잘 쓴다. 열사(熱沙)는 뜨거운 모래를 뜻하는 것이리라. 편지의 한 속에는 맞선을 보라는 이야기를 주변에서 한다고도 한다. 맞선이 들어오고도 남았으리라. 아직 나이가 있어 급하지는 않아도 그녀의 언니가 열여덟 살에 결혼했다고 하니, 그녀에게도 조만간 맞선자리가 있을 거라는 생각은 해도 편지에서 들을 줄 몰랐다. 나는 그녀가 집안도 좋고 학벌도 좋은 곳에서 맞선이 들어오면 좋겠다는 마음에도 없는 말을 썼다. 마음이 급하여도

30배, 60배, 100배의 결실

내가 할 수 있는 일이 없었다.

1983년 11월, 하루는 고향의 형님에게 편지가 왔다. 안부 편지에는 내 친구 종민이의 편지가 들어있었다. 종민이는 초등학교, 중학교, 고등학교를 같이 다닌 친구로, 군대 제대하고 연락이 없었는데 고향에서 내 소식을 들었나 보다. 편지에는 종민이도 사우디아라비아 대림산업 젯다 현장이란다. 공구장에게 알아보니 우리 캠프에서 한 시간 정도 가면 대림산업 현장이 있는데 거기로 가보라고 한다. 이제 운전 실력도 점점 늘어가고 측량팀 전용차도 생겼으니 종민이를 찾아가 봐야겠다고 생각했다. 며칠 전에 현장 서무가 '서브 반(GMC Suburban)'을 우리 팀이 사용하라고 한다. 의자 높이가 조절이 안 되어 판자를 놓고 앉아야 하나 속도는 시원하게 나간다. 계기판이 마일로 표시되어 감이 오지 않지만 80mile 정도로 다니라고 했는데 100km는 그냥 추월한다. 80mile은 128km란다.

일과를 마친 저녁, '서브 반'을 타고 내 친구 종민이를 찾아갔다. 우리나라는 지금 겨울일 텐데 여기는 아직도 25도를 오르내리는 더운 날씨다. 종민이는 사우디아라비아 젯다에 온 지 두 달 정도 되어도 아직 홍해 바다는 안 가봤다고 한다. 다음 주에 같이 홍해 바다로 가기로 하고 돌아왔다.

다음 주 목요일이 되어 종민이를 데리고 우리 측량팀과 네 명이 홍해로 갔다. 우리 회사에서 건설한 도로에 내 전용차를 타고 가니 조금은 우쭐하였다. 우리가 늘 가는 해변에 텐트를 치고 횃불을 만들어 낙지를 잡으러 바다로 들어갔다. 무릎 깊이의 밤바다에 횃불을 비추어 파르스름한 빛을 내는 낙지를 찾는다. 바닥의 돌무더기에서 파란빛을 내는 낙지를 갈고리로 걸어서 잡는 것이다. 갈고리에 걸린 낙지를 떼어 양동이에 넣을 때는 목장갑을 낀 손으로 해야 한다. 낙지가 이빨로 손을 물면 깊은 상처가 생기기 때문이다.

여기는 술을 살 수도 없고, 먹어서도 안 된다. 술을 먹다가 걸리면 국외로 추방되는 것이다. 그러나 우리가 누구인가 '꼬리!' 한국인이다! 우리는 캠프에서 술을 담가 먹는다. 새참으로 나온 빵이 남으면 이것을 모아 슈퍼에서 산 이스트를 넣어 3일 정도 발효시키면 막걸리가 되는 것이다. 우리가 담근 막걸리에 살짝 익힌 낙지를 안주로 먹으면 밤이 깊어가는 줄 모른다. 이튿날 낙지볶음을 반찬으로 아침을 먹고 문어를 잡으러 간다. 이제 나도 다른 사람의 힘을 빌리지 않고도 잡을 줄 알아 종민이에게 가르쳐 준다. 오후에는 오징어를 잡으러 간다. 오징어 잡는 법은 더 간단하다. 몇 명이 20~30m 바다로 들어가 횡대로 서서 그냥 바닷물을 흙탕으로 만들면서 뛰어나오는 것이다. 흙탕물에 못 견딘 오징어가 모래사장으로 날아가면 모래사장에서 그냥 주우면 되는 것이다.

사우디아라비아는 오스만제국 이후 아라비아반도 토후국에서

1932년 '압둘아지즈 이븐 사우드' 왕이 사우디아라비아로 왕국을 선포하고 초대 왕이 되었다. 사우디아라비아는 부자 상속제가 아닌 형제 상속제로서 파이잘 왕이 조카에게 암살당하여 그의 동생 칼리드 국왕이 상속을 받았다. 칼리드 왕 당시 초대 왕의 장남인 모하메드의 손녀 미샤알 공주가 평민을 사랑하였다는 이유로 공주가 사랑한 남자와 공주는 공개 처형당하였다.

사우디아라비아는 평민도 13세부터 매매혼이 가능하고 4명까지 처를 둘 수 있으며, 왕족은 더 많은 수의 아내를 둘 수 있다고 한다. 초대 왕은 12명의 아내로부터 왕위 계승자에 해당하는 45명의 왕자가 있다고 하니 우리로서는 이해하기 어려운 현대사회의 구조다.

귀국을 2달 앞두고 다른 사람들이 다 사는 니콘 카메라, 마란츠 오디오, 소니 워크맨, 전기다리미, 그녀에게 줄 샤넬 향수, 지방시 스카프 등을 사며 귀국 준비를 하던 어느 날, 우리 회사의 중역이 찾아왔다. '아스와드' 왕자의 회사에서 '사이드워크(Sidework)' 팀을 새로 구성하는데 측량부 기술자가 없으니 맡아달라는 제의가 왔다. 귀국하면 본사에 자리가 없어 다시 이곳이나 다른 곳의 해외 근무를 하여야 하니 어차피 해외 근무를 하려면 더 좋은 곳에서 하는 것도 좋다고 생각하여 승낙했다.

그런데 귀국보다 더 중요한 일이 생겼다. 결혼하고 오면 월급 약

20. 국제전화와 무면허 운전사

200만 원에 6개월 유급휴가와 주택, 사이드워크(Sidework) 챠지 등 엄청난 조건을 제시하여 어떻게 하면 그녀와 같이 올 수 있을까를 고민하며 귀국행 비행기를 탔다.

30배, 60배, 100배의 결실

21. 선택, 거제도로 가는 기차(汽車)

김포공항에서 바로 대구에 있는 그녀의 집으로 찾아갔다. 새카맣게 타고 홀쭉한 사람이 나타나니 엄청난 충격이었는가 할 말을 잊은 그녀의 표정을 지금도 잊을 수 없다. 실망감과 더불어 오랫동안 편지를 주고받으며 내가 선택한 사람이니 내가 책임을 지겠노라고 자신 있게 말하던 그 사람이 맞는가 그런 이유였으리라. 인지 부조화라 했던가. 그러나 그것도 잠시 실망의 시선을 감추고 어머니에게 인사를 시켰다.

"엄마, 내가 말하던 그 사람이야!"

우리나라의 여름도 더웠다. 대구는 분지라 우리나라의 어느 도시보다 더위가 견디기 어려운 도시이다. 더위도 견디기 어려우나 습도가 많은 우리 여름에 옷이 온통 땀에 젖어 볼품없이 나타난 나를 보시는 어머니의 마음이 어떠할지 더워도 더운 줄 몰랐다.

어떻게 나왔는지도 모르게 그녀와의 자리를 빠져나와 고향으로 내려가서 아버님께 인사를 드렸다. 그리고 국제전화로 언제 출국할 것인가를 두고 연락하기 시작했다. 그녀와 어머니의 표정을 보고 내가 빨리 우리나라를 떠나야 모두가 행복하겠다고 생각했기 때문이다.

"그래, 출국행 비행기에 모두 날려 보내고 새 출발을 하자!"

이것이 내 계획이었다. 그런데, 9월에 출국한다는 일정이 자꾸 미뤄지기 시작했다. 10월이 되고 12월이 되더니 내년 3월로 다시 미뤄졌다.

한국에 있는 동안 다시 출국할 때까지는 그녀를 만나자고 생각하고 대구와 고향을 오르내렸다. 운명의 장난인가 하나님의 섭리인가 우리는 다시 가까워지기 시작했다. 지금까지는 결혼하여 출국하면 좋은 조건으로 갈 수 있다고 말을 하지 못했는데 이제 그 이야기를 할 때라고 생각했다.

"미야, 우리 결혼, 아니 약혼이라도 하여 같이 사우디 갑시다!"

그녀의 집에서는 그녀를 '미야'라고 불렀다. 어릴 때 이름이 '영미'라고 하여 '미야'라고 한다고 한다. 그녀도 대구에 같이 사는 어머니와 오빠와 남동생에게 나를 감싸기가 쉬운 일이 아니고 전전긍긍하고 있었다. 그것보다는 나를 두고 주변의 여러 사람이 자꾸 선을 보라고 하여 거절하는 것도 한계에 다다랐으니 어떻게든 결말을 내고

30배, 60배, 100배의 결실

싶던 차에 만남도 잦아 다시 지난날의 아름다운 추억과 함께 자신의 선택(選擇)에 주저함이 없이 나와 같이하겠다는 약속을 하였다.

인생의 반려자로 나를 선택(選擇)한 것이다.

1984년 12월 31일. 신정 연휴(3일)가 시작되어 우리 둘은 거제도로 가는 기차에 몸을 실었다. 거제도에는 삼성조선소에 근무하는 매형과 누님이 살고 있었다. 누님 집에는 네 살 먹은 아주 예쁜 내 조카 정은이가 있었다. 태어나서 보고 오래 못 본 정은이는 거울 앞에서 온갖 재롱을 부리고 거울이 친구인 것처럼 거울을 보며 온종일 놀고 있다.

"정은아! 네가 벌써 이렇게 자랐구나. 시간이 흐르는 줄 모르고 못난 외삼촌이 이 단란한 가정에 문제를 가지고 피난을 왔구나. 정은아 미안하다."

누나네 큰 방에는 누나와 조카, 그녀가 자고, 옆 방에는 자형과 내가 자고 하루를 보냈다. 이틀 후 누나의 설득으로 그녀는 대구로 가고, 나는 일주일을 더 보내고 고향으로 왔다. 한편으로 걱정이 되어도 그녀의 선택을 믿기로 하고 기다리는데 일주일이 또 지났다.

1985년 1월 15일. 대구로 올라가 그녀를 만났다. 전통을 중시하는 그녀의 집안에서는 이제 더 이상 그녀에게 선을 보라거나 나를 반대하면 어떤 일이 또 생길지 모른다고 생각하신 어머니께서 아버지에게 말씀드렸다고 한다.

"미야에게 만나는 사람이 있다고 하니 한번 보시지요."

다음 날, 대구에서 그녀는 먼저 본가로 가고 나는 저녁 어스름한 무렵에 따로 가기로 했다. 대구에서 버스를 타고 또 갈아타고 물어물어 찾아가다 보니 저녁이 짙어졌다.

"계십니까?"

그녀의 고향은 경북 영천군 임고면 선원리(仙源里)라고 했다. 정포은(圃隱)의 유허비(遺墟碑)가 있으며, 임고서원(臨皐書院)과 동연정 외 여러 정자와 전통 한옥 여러 채가 민속자료로 지정된 유서 깊은 마을이라고 하여 500년 전부터 집성촌인 나의 고향 기계(杞溪)와 견주어 부족함이 없겠다고 생각하였다.

사랑채에 어른이 계시다는 이야기를 들었던 터라 사랑채 앞에서 기다리니 일각이 여삼추라 방 안에서 부산한 소리가 들리더니 배시시 웃으며 그녀가 나왔다. 방 안에는 의관을 정제한 아버님이 좌정하시고 계셨다. 저녁이 늦었는데 한복을 입으신 것으로 보아 방금 일어나서 다시 의관을 정제하신 것 같았다.

30배, 60배, 100배의 결실

"본을 월성 이(李)를 쓰는 강이름 원(沅)자 빛날 형(炯)자입니다."

"그런가. 백남은 올해 어떻게 되시는가?"

"불혹을 갓 넘긴 둘입니다"

"본가가 기계라, 황산군수와는 어떻게 되시는가?"

"부친이 말씀하시기를 황산군수의 아랫대가 없어, 종조부께서 양자로 들어가셨다고 들었습니다."

황산군수는 기계현의 현감으로 이곳 임고현의 사액서원(賜額書院)인 임고서원(臨皐書院)까지 명성이 있었는데, 동학난이 났을 때 동학군들이 기계현청을 불사르고 현정의 연당을 파괴하는 난을 피하여 이곳 선원으로 오셔서 현판도 쓰시고 난이 평정될 때까지 유림들과 계시다가 기계현으로 돌아가신 것이다.

사랑채에서 어른을 뵙고 안채에서 기다리는 그녀의 백형과 마주앉았다. 우리 집에는 언제 연락할 수 있느냐고 하였다. 의논할 시간도 없었으나 거제도 계신 누님이 형님과 연락하였을 것이니 아무 때라도 좋다고 하여 내일 오전 영천에 있는 정류소 다방에서 어른들과 만나기로 하고 자리에서 일어나며 '이제는 호랑이 등에 타 내릴 수도 없다'고 생각했다.

22. 축복의 통로, 결혼!

·····························

자정이 다 된 시간 영천으로 나와 형님에게 전화를 했다. 내일 아침 결혼할 사람의 어른들과 만나기로 했으니 아버님을 모시고 영천으로 오시라고…

아닌 밤중에 홍두깨라더니 무슨 소린가 하여 형님 혼자 잠바때기를 입고 털레털레 약속 장소로 들어섰다. 이미 다방에는 그녀의 부모님과 백형(큰오빠)이 나와 계시는 데 이 무슨 실례란 말인가. 서로 간에 인사 후 형님과 그녀의 백형이 마주 앉아 양가의 대표로 의논하였다. 아버님께서는 연신 헛기침을 하신다.

"어~ 험! 어~ 험! 흠~ 흠~!" (어른도 안 계시는데 무슨 이야기…)

황산군수의 아랫대가 없어 종조부가 양자로 들어갔다는 말 한마디에 기계(杞溪)의 적자(嫡子)인 줄 알고 덜컥 따님을 허락한 일이니 이제 어쩌란 말인가.

1985년 2월 17일 일요일. 결혼식 날짜가 잡혔다.

30배, 60배, 100배의 결실

어차피 혼인하려면 해를 넘기지 말자는 대표 두 분의 결정에 따라 구정(2월 20일 수요일)을 사흘 앞두고 결혼식을 올리자는 것이다. 나는 약혼만 하자고 했는데….

대표 두 분이, 혹시라도, 우리 두 사람을 빨리 결혼시켜 분가를 시키자고 암묵적으로 합의하신 게 아닌지…. 어떻게 그렇게 빨리 결혼 날짜를 잡는단 말인가?

그녀의 가족은, 아버님, 어머님과 언니(1), 오빠 넷(2, 3, 4, 5), 그녀(6), 막내 남동생(7)으로 칠남매 중 여섯째다. 언니는 열여덟 살에 결혼하여 딸 넷에 아들 둘 6남매, 큰오빠는 딸 셋에 아들 하나 4남매, 둘째 오빠는 딸 둘 아들 하나 3남매, 셋째 오빠는 아들 둘이며 나머지는 미혼이었다. 그러니 그녀의 큰오빠는 아직 미혼인 여동생과 남동생 둘이 있고 양친을 모시고 사는 마당에 아무리 과수원이 몇천 평이라고 하나 장자로서 허리가 휘는 것이리라.

우리 가족은, 사남매 중 셋이 결혼을 하고 막내인 나 혼자 남았는데 뭐 그리 힘들다고…. 내가 모르는 일이 더 있는지 모르겠다.

예식을 한 달 앞둔 날을 잡았으니 양가가 모두 일모도원(日暮途遠)이라 날은 저물고 갈 길은 먼데 정작 나는 할 일이 없다.

22. 축복의 통로, 결혼

친구들이 함을 지고 난리를 치니 처가댁이 초토화되었다. 한 발자국마다 술과 전(錢)을 바치고 가뜩이나 면목 없는 신랑의 처지가 쥐구멍을 찾고 싶은데 그나마 큰처남이 댁에 계셔서 친구들의 행패를 막아준 것이 지금도 생각하면 한없이 감사할 뿐이다.

혼서지와 채단과 물목기와 오방주머니를 넣은 함이 신부댁으로 들어가고 한잔을 걸친 친구들을 몰아내 영천 시내에서 저녁 늦게까지 뒤치다꺼리를 하고 집으로 왔다.

혼례일이 되었다. 시골의 예식장이라 그리 넓지 않은 예식장에서 혼례를 올리고 처음 뵙는 처형과 집안의 어르신들에게 인사를 드리고 나니 이제는 그녀가 아내가 되어 감개무량하다. 당장은 백수라도 오늘은 주인공이라 양복을 차려입은 신랑의 신수가 훤하다고 치켜세운다. 처가댁에서 마련해 준 자가용을 타고 부곡하와이로 갔다. 수중에 3만 원을 들고 신혼여행을 간 죄로 평생 신혼여행 이야기만으로는 열두 바가지 더 긁는 소리를 듣고 지냈다.

신혼여행 첫날밤을 꿈같이 보내고 이튿날 처가로 왔다. 내일모레면 구정이니 처가에서 하루를 자고 본가로 가면 그 이튿날이 구정이라 더 머물 수 없었다. 부곡하와이를 미국 하와이로 생각하라고 곧 미국으로 신혼여행 다시 간다고 큰소리친 것이 사십 년이 다 되어 간다. 처갓집에서 첫날 시작된 신랑다루기는 몇 대의 발바닥에도 정

30배, 60배, 100배의 결실

이 넘치고 건네는 술잔은 모양만 갖추고 신랑이 술을 못 먹도록 밤이 깊어져 가는데 거의 끝난 신랑다루기가 손아래 처남의 친구들이 오고는 객기로 넘어갔다. 대여섯 살 아래 처남 친구들이 신랑을 다루기 시작하니 지기 싫은 신랑이 닭 10마리를 내놓고 마신 술에 호칭이 '야!', '너!'로 시작한 군대 이야기는 제대한 지 얼마 안 되는 공수부대 근성과 결혼을 반대한 처갓집의 서운함이 겹쳐 멱살을 잡았나 주먹이 오고 갔나 얼마나 마셨는지 모르게 새벽이 왔다. 아침에 일어난 새신랑의 한복과 조끼는 구겨지고 더럽혀져 온 집안이 야단이 났다.

그렇게 한복만 갈아입고 본가로 갔다. 내일이 구정이니 안 갈 수도 없다. 죄 없는 장인어른만 자꾸 고개를 아래로 숙이신다. 본가에 들어가니 아뿔싸! 누나가 소리를 친다.

"새신랑을 이렇게 상거지로 만들다니, 이것이 연일 정씨라는 양반집 행실인가!"

거제도에 갔을 때 그녀를 보아 얼굴은 알아도 집안이나 가족 등 내력이 궁금하여 묻는 누나에게 '양반댁 규수'라는 한마디로 일축하였더니 새신랑의 구겨진 모습을 보고 더 그런다.

다 쓰러져가는 초가집을 지붕만 고친 누추한 본가를 장인어른이

22. 축복의 통로, 결혼

안 보셨으면 하였는데 아마도 고개를 숙이시고 들어가셔서 못 보셨을 것이다. 몰락한 양반가를 아무도 알아주지 않아도 장인어르신은 기계(杞溪)의 적자(嫡子)라고 믿어 의심치 않고 귀한 딸을 주신 그 공로에 감사는 못할망정 책망을 하는 누나를 나무라지 못하는 나는 다 구겨진 한복을 입은 모습 때문이었다.

　대구에 신혼집을 마련하였다. 사우디아라비아에서 일 년간 보낸 나의 봉급이 육, 칠백만 원은 넘었을 텐데 집안의 생활비로 다 쓰고 형님이 기르시던 소 다섯 마리를 내 것이라고 하더니 신혼집은 보증금 없이 열 달간 사글세 50만 원 단칸방이 전부다. 어차피 사우디아라비아로 출국하면 집이 필요 없다 하여 이런 집을 구하였지만 야속하기는 야속하였다. 가재도구는 장롱 하나 없이 서랍장과 찬장 하나가 전 재산이다. 아무리 어려워도 살림을 났는데 한 번도 와보지 않은 형님과 형수님이 야속하였지만 나름대로 사정이 있었을 것이다. 그러나 이제는 혼자가 아니다. 내게는 나를 하늘같이 생각하며 따르는 사랑하는 아내가 있는 것이다.

30배, 60배, 100배의 결실

23. 하나님의 부르심

대구시 효목동에서 시작된 신혼살림은 깨가 쏟아진다는 말처럼 한 달이 훌쩍 지나갔다. 아내는 결혼 전 다니던 화장품 회사로 나가고 나는 상혁이 형의 소개로 성진기술단으로 다시 출근하였다. 사우디아라비아의 '아스와드건설회사'는 아직 소식이 없다.

결혼 후, 한 달이 지났는데 아내가 이상하였다. 밤 자정이 되면 지나친 편두통과 함께 거의 의식을 잃는 것이다. 처음에는 컨디션이 안 좋아 그런가 하였는데 아침이 되면 아무 일도 없는 것처럼 정상이 되었다. 아침이 되어 아내에게 지난밤의 일을 물으면 편두통이 난 것은 알겠는데 의식을 잃은 다음은 정확히 모르니 본인도 정상이 아니라는 것을 알았다.

며칠을 비슷한 일을 겪고 나니 나도 모르게 교회에 가면 낫겠다는 생각이 들었다. 사람이 아프면 병원으로 가는 게 정상인데 왜 교회로 가자는 생각이 들었을까. 또 어릴 때 교회를 떠난 후 교회를 배척하지는 않았지만 가까이하지도 않았는데 왜 교회로 가자는 그런 생각이 들었을까? 하나님께서 나를 부르신 것일까. 아내가 처녀 때 같이 근무하던 분에게 상담하였더니 밤에 똑같은 일이 있으면 교회로 오라고 하였다. 며칠 후 다시 똑같은 현상이 있어 침산동에 있는 ○○교회에 찾아갔다. 밤 12시 넘은 지하 예배실에는 나이 드신 권사님 대여섯 분이 철야 기도를 하시고 계셨다. 낮에 상담한 류 권사님과 같이 예배를 드렸다.

아무것도 모르는 나는 무작정 아내를 고쳐달라고 하나님께 기도를 드렸다. 무조건 아내만 나으면 무슨 일이든 할 것 같아 기도를 드리는 데 눈물이 쏟아졌다. 이제껏 하나님을 멀리한 것들이 주마등처럼 지나갔다. 어릴 때 교회 마룻바닥에서 뒹굴며 어머니에게 떼쓰던 일, 초등학교 전학을 왔을 때 나와 같이 교회에 가자던 동 숲의 마을 후배를 괴롭힌 일, 고등학교 진학하여 성경을 소개하던 장 선생님을 궤변으로 핍박하던 일, 군대에서 자격증 시험 공부하며 나를 위해 기도한다던 서 상병을 혼내던 일, 수영훈련 때 돌로 발등을 찍고도 무사할 수 있었던 일 등. 힘들고 어려워도 하나님을 찾지 않고 나 혼자 해결하려고 한 것, 감사하여도 감사하지 못한 일 등 아쉬운 마음이 후회와 함께 드리는 회개의 기도가 나도 모르게 흘러나왔다. 1시간이 넘는 기도와 찬송으로 예배를 드렸는데 잠자는 것처럼 힘이 없던 아내가 눈을 뜨며 정신이 들었다. 여기가 어디인지 어떻게 왔는지 몰라도 두통이 깨끗하게 사라지고 감사의 기도를 드렸다.

"하나님, 감사합니다. 아내를 통하여 저를 다시 불러주시니 감사와 찬송을 드립니다!"

주일이 되어 ○○교회에 등록하였다.

몇십 년이나 떠나있어 그런지 교인들과 지내는 교회 생활이 어색하지만 잘 지내려고 노력하는 모습이 좋아 보였는지 교사와 찬양대로 초대하여 주는 등 교인의 일원으로 자연스럽게 이어졌다.

여름이 오는데 침산동으로 이사를 하였다. 아내와 나의 결혼으로 같이 지내던 넷째 처남과 막내 처남 남자 둘이 자취하니 장모님이 가끔 들러 반찬을 해 주셔도 살림이 말이 아니었다. 교회의 도움을 받아야 하는 아내의 편두통도 발생하여 교회와 가까운 침산동에서 처남들과 같이 살림을 하기로 하였기 때문이다.

성진기술단의 일은 경상북도 북부지방의 일이 주로 많았다. 안동, 상주, 김천, 문경 등 크고 작은 현장마다 측량을 하고 외업에 따른 내업을 하는 등 바쁘게 지나갔다. 어느 날 사우디아라비아의 지인들이 연락을 와서 1차는 출국을 하고 2차를 준비한다고 한다. 내가 결혼을 하고 대구에서 자리를 잡아 연락도 잘하지 않아 그렇다고 했다. 그러나 나는 아내의 편두통이 먼저다 보니 사우디아라비아의 일은 나중의 일이 되고 말았고, 막연하게나마 가기 어렵겠다고 생각을 했다.

23. 하나님의 부르심

-결혼, 신혼집, 아내 출근, 나의 출근, 아내의 두통, 교회 등록, 이사, 사우디아라비아…-

여름이 지나고 가을이 되었다. 추석 명절을 맞아 처갓집에 다니러 간 나는 장인어른에게 처가 족보를 배우느라 혼이 났다. 그리고 앞으로 어떻게 할 것인가 하고 물으셨다. 곧 사우디아라비아에서 소식이 오면 아내와 같이 출국하기로 했으며, 대우는 어느 정도이니 걱정하지 마시라고 하였다.

"사우디 갔다 온 사람은 매일 사우디 이야기만 하고, 택시 운전하는 사람은 매일 택시 이야기만 한다."

그 멀리 사우디아라비아에 가려고 애쓰지 말고, 또한 당신의 귀한 딸을 멀리까지 보내고 싶지 않다는 말씀이셨다.

(장인어른뿐 아니라 하나님께서도 내가 사우디아라비아에 가지 않기를 바라신 것이 아닐까?)

그럼 저가 앞으로 무슨 일을 했으면 좋겠느냐고 물었다.

"이 서방, 자네 정녕 할 일이 없으면 공무원이나 하게."

30배, 60배, 100배의 결실

장인어른의 그 한마디 말씀을 거절하지 못하고 아내와 상의하여 공무원 준비를 시작하였다. 사우디아라비아에 몇 년만 근무하면 아무 도움도 받지 않고 살 수 있다는 계획은 멀리 사라지고, 장인어른이 좋아하시고 처갓집 첫날의 객기도 만회하는 일이라면 해보기로 했다. 공무원 공개채용 시험은 1년에 한 번이니 이미 지나갔고, 특별채용을 알아보기로 했다. 전문대학 야간부 다닐 때 같이 공부하던 대구시청 공무원인 김 기사에게 공무원 특별채용이 있다는 소식을 듣고 알아보니 '지적기사' 자격증이 있으면 대구시 공무원으로 특별채용이 가능하다고 한다.

　결혼 1주년이 지나고, 1986년 여름 지적기사 1급 자격증을 땄다. 한 번에는 안 된다고 주변에서 기대하지 말라고 했는데 단번에 합격한 것이다. 이것이 하나님께서 나에게 기회를 주신 것일까 확신하지 못하였다. 자격증을 가지고 대구시청의 김 기사와 만났다. 돈을 100만 원 준비하라고 하였다. 전 재산이 200만 원이라 큰돈이긴 하지만 마련하여 건네주었다. 여름이 지나고 가을이 와도 채용 소식은 없는데 늘 저녁값만 뜯어갔다.

　1987년이 밝았다. 우연히 신문에 '경상북도 공무원 채용공고'를 보게 되었다. 시험과목을 보니 만만하였다. 지구과학이 생소하나 수학, 국어는 자신이 있었고, 기타 과목을 합하여 다섯 과목 공부를 시작하였다.

봄이 되어 경상북도 지방직 공무원 9급에 합격하였다. 이것도 하나님께서 하신 것일까. 장인어른에게 제일 먼저 합격 소식을 전하였다.

"그래, 이제 진사시에 합격했으니, 대과에 장원급제하게나. 껄껄껄!"

조선 시대 진사시와 다른 것은 설명을 안 해도 알지만 모르는 체 웃으시며 장원급제하라고 하신다. 우리 집에도 합격소식을 전하고 김 기사에게 100만 원을 돌려받았다.

포항으로 이사 가야 하는데, 제일 걱정인 것은 아내가 갑자기 편두통이 발생하여 의식을 잃는 일이었다. 대구에 있을 때는 교회로 가서 기도를 받으면 깨어나는데 포항으로 가니 어떻게 해야 하는지 부목사님께 상담을 받았다. 부목사님께서 포항의 △△교회를 찾아가라고 소개를 해 주셨다.

30배, 60배, 100배의 결실

24. 큰아들 '재야(在也)'를 주심
....

여름이 되어 1987년 7월 영일군청에 발령을 받았다. 영일군청은 포항 시내에 있어 우리는 시내 해도동에 자리를 잡았다.

영일군청 재무과에서 업무를 시작하니, 매일의 일이 청소와 복사와 기타 고유 업무는 아주 조금씩 배우는 중이다. 기계면사무소에서 매일 군청에 업무를 연락하는 사환이 친척인데 군청에 오가며 내가 청소와 복사하는 것을 본 모양이다. 고향이 좋으면서도 이럴 때는 난감할 때도 있다. 우리 아버님과 형님에게 내가 매일 청소하고 복사만 한다고 하니 듣기 좋을 리 없다.

공무원 첫 봉급(1987. 8.)이 나왔다. 17만 원이다. 사우디 가면 200만 원도 넘을 텐데 아쉬움과 미련으로 나의 뒤를 돌아보게 되었다. 아내가 출산일이 다가왔는데 아들과 함께 이 돈으로 살 수 있을까?

여름이 가고 9월에 들어서는 어느 날 밤이 깊어 가는데 아내가 갑자기 머리를 감싸 안으며 아프다고 소리를 친다. 부랴부랴 대구에서 목사님이 소개하여 주신 교회를 찾아갔다. 여름이 다 되어 가는데 교회 마당에는 평상이 깔려있었다. 아내를 평상에 누이고는 사택을 찾았다. 사택의 집사님께서 여기는 밤에 기도하는 사람이 없다는 것이었다. 망연자실하여 평상에 앉는데 갑자기 내가 기도하면 되지 않을까 하는 생각이 들었다. 목사님 말씀에 "너희가 무엇이든지 아버지께 구하면 받으리라" 한 말씀이 생각나서 기도하기 시작하였다. 아무것도 모르는 남의 교회 마당 평상에서 하나님께 구하였다.

"하나님 아버지! 제 아내의 머리가 아프니 고쳐주시옵소서!"

기도하고 기도하였다. 얼마나 시간이 지났는지 모르나 아내가 다시 정신을 차렸다.

이제는 내가 하나님께 구하면 무엇이든지 나의 기도를 들어주시겠다는 생각이 들면서 자신 있게 일어섰다. 나중에 성경 말씀을 찾아보니 요한복음 16장 23~24절이었다. 그 후에도 어려움이 있을 때마다 이 말씀을 붙잡고 기도하였고, 하나님은 나의 기도를 들어주셨다.

1987년 9월 21일(음력 7월 29일. 토끼띠). 아들이 태어났다. 감격한 마음과 함께 벅찬 기분이 들어 병원 마당으로 뛰어나가 소리를 질렀다.

"하나님 감사합니다. 제가 드디어 아버지가 되었습니다!"

30배, 60배, 100배의 결실

딸에게 산기가 있다는 소식을 듣고 며칠 전에 오신 장모님께서 너무 기뻐하셨다. 장모님은 아들 다섯을 낳은 뒤 딸을 낳아도 서운한 눈빛을 감추지 못하신 시어머니에게 아직도 섭섭한 마음이 가시지 않는다고 하셨다. 그래도 당신 딸이 아들을 낳아서 좋아하셨는지, 건강히 출산하여 좋아하셨는지 몰라도 장모님이 좋아하시는 모습을 보니 송구한 마음이 조금은 가신다.

　장모님께서는 여장부셨다. 처갓집의 과수원 2정보(약 6,000평)는 장마에 물난리 난 하천부지를 군청으로부터 불하받아 몇 년을 고생하시며 석 자(1m)나 되는 자갈과 돌을 걷어내는 일을 장모님이 거의 다 하시고, 장인어른은 유림이나 일가친척 지인들의 큰일(경조사)에 다니시기만 하셔도 장인어른의 모시 적삼은 누구보다 더 반듯하게 입히신 장모님이셨다. 사과 수확을 하는 가을에는 사과 궤짝 한 상자를 쉽게 트럭에 올리신다. 내가 들어봐도 한 번에 올리지 못하니 어림잡아 20kg 넘는 무게를 쉽게 올리시니 여장부가 아니고 무엇이랴.

　아버님이 손자를 보러 오셨다. 박카스 병에 담은 토종꿀 반병과 참기름 한 병 그리고 미역 한 줄기를 들고 손자를 보러 오신 것이다. 토종꿀은 산에 다니시면서 조그마한 벌집에서 한 방울 두 방울을 모아 약으로 쓰시려고 박카스 병에 모은 것이 반병이라신다. 참기름이야 집에서 기른 참깨로 짠 것이고, 시장에서 미역 한 줄기를 사서 온 것이라고 하신다.

24. 큰아들 '재야(在也)'를 주심

"네 어머니가 있었으면 얼마나 좋아했을지 모르겠구나."

아버지께서도 손자가 태어나니 어머니가 계셨으면 얼마나 좋을까 하고 생각하시는 것 같았다. 두 분은 어린 내가 보아도 아끼고 배려하는 마음이 남다르며 모두가 금슬이 좋다고 하셨으니 말이다. 나역시 우리 어머님이 계셨으면 손자가 태어났다고 얼마나 좋아하셨을까 아쉬운 마음과 함께 눈시울이 뜨거워진다.

"어머니, 하늘나라에서 보고 계시지요? 저에게 아들이 생겼습니다. 이제 저의 걱정은 마시고 하늘에서 평안하시기를 기도드리겠습니다."

형님이 이름을 지어 보내셨다. 항렬 '있을 재(在)'와 '어조사 야(也)'를 합하여 '재야'라고 하니 이름의 뜻은 '무엇이 있다'는 뜻이다.

아들의 이름 끝 '야(也)'는 어조사이며, 『천자문』의 마지막 글자다. 천자문은 양(梁)나라 무제(武帝)의 명에 따라 주흥사(周興嗣)가 하룻밤 사이에 중복되지 않는 한자 250구(句)로 지은 4언고시(四言古詩) 한 편(篇)인데 너무 집중한 나머지 머리가 하얗게 변했다고 하여 '백수문(白首文)'이라고도 불린다. 천자문의 마지막 4언(言)은, 어찌 언(焉) 이끼 재(哉) 온 호(乎) 이끼 야(也)로, 천자문의 마지막 글자가 아들 이름의 끝 '어조사 야(也)'자인 것이다.

30배, 60배, 100배의 결실

형님은 『논어』와 『주역』 등 한학 공부를 오랫동안 하여 조카들의 이름도 본인이 작명하는 것을 보고 나도 아들의 이름을 부탁했더니 작명을 시작한 지 여러 날 『소학』이나 『명심보감』, 『논어』에도 찾지 못하였는데 주흥사(周興嗣)와 마찬가지로 천자문의 마지막 글자인 '야(也)'자를 따서 작명하였다고 자랑을 한다.

그러나 나는 하나님께서 형님에게 지혜를 주셔서 이름을 완성하였다고 믿는다. 형님도 젊었을 때 교회를 열심히 다녔는데 우리 고향 교회의 분쟁으로 둘로 갈라지면서 종교인들도 똑같다고 하며 교회를 떠났다고 한다.

측지기사 1급 시험 발표를 보러 갔다. 대구의 산업인력관리공단 앞 게시판에 많은 사람이 합격자 명단을 보고 있다. 사람들 속으로 비집고 들어가 자격증 종류를 쭉 훑어보니 측지기사 자격증이 없다. 아하! 이제는 1차 시험부터 다시 공부해야 하나 하고 보니 게시판의 맨 아래쪽에 측지기사 1급 합격자가 한 줄로 써 있었다. '수험번호 123-4560 이원형' 대구·경북지역에서 나 혼자 합격한 것이다. "하나님, 감사합니다!" 응시자가 아무리 없어도 대구·경북지역의 토목과를 졸업한 사람들은 다 응시하니 적은 인원도 아닌데 혼자 합격했으니 하나님의 도우심이 아니면 될 수 없는 것이다. 하박국 선지자의 감사가 나의 감사가 되었다.

24. 큰아들 '재야(在也)'를 주심

"비록 무화과나무가 무성치 못하며 포도나무에 열매가 없으며 감람나무에 소출이 없으며 밭에 먹을 것이 없으며 우리에 양이 없으며 외양간에 소가 없을지라도 나는 여호와로 말미암아 즐거워하며 나의 구원의 하나님으로 말미암아 기뻐하리로다(하박국 3:17~18)"

하루가 다르게 자라는 아들이 신기하기만 했다. 아들을 보행기에 태워놓으면 제법 쭉쭉 밀고 다니며 잘 자라고 있다. 보행기에 탄 아들의 사진을 찍어 지갑에 넣고 다니며 자랑을 하였다. 잘 생겼느냐고 묻기도 전에 아버지 인물이 좋아서 잘 생겼다고 한다. 어깨를 으쓱거리며 다닌다. 총무과에 친척이 있어 총무과에 가서도 자랑을 하고, 위층 보건소에 가서도 아들 자랑을 하였다.

영일군청에서 하는 업무 중 매일 토지 분할– 땅을 나누는 일 –이 들어 온다. 넓은 토지는 스무 필지, 서른 필지 이상으로 분할하기도 한다. 세간에는 여러 필지를 분할하면 자투리 땅 한 필지를 (뇌물로) 받는다고 농담을 하는 게 이런 일인 모양이다. 어떤 사람이 저녁을 산다고 하여 구룡포 바닷가 횟집으로 따라간 적이 있는데 몸에 좋다고 해삼 창자(노란색 국수 같다.)만 따로 한 컵씩 먹은 적도 있다. 또 보통의 해삼은 잘 먹지 않고 몇 배 비싼 홍삼– 홍해삼이라고 하며 빨간색 조개를 먹이로 먹어 몸 색깔이 붉은 해삼 –을 주로 먹는다.

1988년 2월, 공무원의 앞길이 크게 발전이 없다는 생각에 다른 공부를 할까 하고 서점으로 갔다. 서점의 게시판에는 '서울시 공무원 모집' 공고문이 붙어 있었다. '서울시라니? 여기는 아는 사람도 많고 부담스러운데 서울로 갈까?' 하는 마음이 생겼다. 아내와 의논하니 '서울살이가 만만치 않은데…'라는 표정이었으나 크게 반대하지는 않는다. 아내는 지금도 아들을 기르며 부업을 한다. 퇴근하면 얼른 치우는 보자기에 부업거리가 있는 것 같았다. 대구에서 다니던 회사는 포항에 오면서 퇴직을 하였기 때문이기도 하고, 공무원 봉급이 17만 원이니 턱없이 부족할 것이다. 두 달 후 있는 서울시 공무원 시험일을 대비하여 시험 공부를 시작하였다.

24. 큰아들 '재야(在也)'를 주심

25. 서울시 공무원 시작

　　1988년 4월 서울시 공무원 시험에 합격하였다. 내가 서울에 가겠다고 하니 하나님께서 들어주셨는지 모르겠다.

　서울시에서 연락이 와 1988년 7월 1일에 강남구청으로 발령이라고 하여 서둘러 집을 내놓고 이사할 준비를 하였다. 이사라고 해봐야 가져갈 가재도구도 서랍장과 찬장이 전부고, 유일한 가전제품도 TV와 선풍기 하나다.

　경상북도 영일군청에 마지막 근무를 하고 서울시 강남구청 발령일에 맞추어 서울길에 올랐다. 서랍장 등 이삿짐은 서울에 집을 얻으면 보내달라고 친구 승규에게 부탁하고 말 그대로 짐보따리 하나에 아들을 업고 아내와 서울로 온 것이다. 당장 내일 아침에 출근해야 하니 짐보따리에는 내가 입을 와이셔츠와 아내 옷, 아들의 기저귀와 젖병뿐이다. 짐 안에는 내가 사우디아라비아에서 가져온 다리미(General Electric)가 들어있었다. 와이셔츠를 다리려고 가져온 것인데 내 삶의 무게와 같이 어찌 그리 무거운지….

30배, 60배, 100배의 결실

밤늦은 시간 강남 고속버스터미널에 내려 여인숙에서 하루를 묵고 출근을 하려고 와이셔츠를 다리고 있는데 급하게 문을 두드리는 주인이 전기를 못 쓰게 했다. 와이셔츠 하나만 다리자고 하여도 막무가내였다. 구겨진 와이셔츠를 입고 출근하며 구겨진 와이셔츠와 같이 내 자존심도 구겨졌다. 서울 가면 벤츠 타고 고향에 간다고 농담하였지만, 구겨진 내 자존심이 펴지지 않으면 다시는 고향에 돌아가지 않으리라. 나는 출근을 하고 아내와 아들은 어머니에게 말로만 들었던 외당숙 집으로 찾아가라고 했다.

경주공고를 나와 고등고시에 합격하여 건설부에 근무하시는 외당숙 아저씨는 반포에서 잘 사신다는 어머니의 사촌이었다. 저녁에 퇴근 후 찾아가니 처음 보는 으리으리한 아파트의 구석에서 짐보따리를 안고 나를 기다리는 아내와 자는 아들의 모습에 '아차!' 하는 마음과 함께 가슴이 무너져 내렸다.

어머니가 돌아가신 지 십 년이나 되어도 찾아가면 당연히 받아줄 것 같은 친척 집에 애당초 오지 말아야 하는데 도시의 생활과 인심을 모르고 온 내가 어리석었다. 하나님께서는 "네 아비 친척 집을 떠나 내가 네게 명하는 땅으로 가라"고 아브라함에게 명령하였는데, 나는 거꾸로 친척 집을 찾아왔으니…. 나와 친하지도 않았거니와 애초에 우리를 받아줄 수도 없는 것이 도시의 생활인데 그때만 해도 일가친척이면 다 받아주는 시골 인심에 익숙한 촌뜨기는 화려한 도시의 이방인이었다.

　자양동에 400만 원짜리 전세방을 얻었다. 또 다른 친척 누나가 자양동에 살고 있어 우리의 소식을 듣고 방이 있으니 와보라고 한 것이다. 전세금 400만 원이 전부라 거기에 맞는 집을 구해야 한다. 자양동 집은 12가구가 사는 집인데 대문이 없다. 자동차가 다니는 도로에서 바로 마당으로 들어가는 집이다. 각 가구의 쪽문을 들어가면 연탄아궁이 옆에 있는 댓돌에 신발을 벗고 오르면 방이다. 방은 장정 한 사람이 누우면 발을 완전히 뻗지 못할 정도의 정사각형이다. 마당에는 수도꼭지가 하나 있는데 공동으로 사용하고 있으며, 재래식 화장실도 공동으로 사용한다.

　교회를 정하려고 여기저기 찾아다니다가 집에서 가까운 교회로 정하여 생활한 지 3개월이 되어 가을이 왔다. 아내는 전처럼 두통이 없어 그나마 다행이었다. 하루는 집 밖 도로에서 자동차들이 빵빵대더니 줄을 이어 서있다. 이제 돌이 지난 아들이 붕붕을 도로 가운데 정차(?)한 것이다. 아기가 도로 가운데 붕붕카를 타고 앉아있으니 자동차가 지나갈 수가 없다.

　1988년 9월, 제24회 서울올림픽이 시작되었다. 개막식의 보안요원으로 부여된 임무는 주경기장 곳곳의 점검과 동시에 비표가 없는 사람을 통제하는 임무였다. 세계 각국의 다양한 사람들이 주경기장 개

30배, 60배, 100배의 결실

막식장으로 몰려들었다. 개막식부터 각 경기장의 보안요원으로 임무를 수행하느라 눈코 뜰 새가 없다. 보름간 펼쳐지는 하계 올림픽대회는 역사상 보기 드물게 성황리에 끝이 났다.

처갓집 과수원의 사과농사가 끝이 나고 장모님이 찾아오셔서 우리가 사는 꼴을 보고 아내의 등을 친다.

"이것아, 서울 간다더니 이 꼴을 하려고…, 네 아버지에게 말하면 안 된다."

장모님이 전셋집을 옮기라고 하시며 장인어른 몰래 독립군에게 군자금을 건네주듯이 1,000만 원을 주셨다. 1989년 1월, 장모님의 도움으로 강동구 암사동 시영아파트 11평(전세금 1,300만 원)으로 이사를 하였다. 처갓집 돈 1,000만 원과 우리 전 재산을 합하여 궁궐 같은 아파트로 이사한 것이다. 방 하나와 거실 겸 방 하나, 작은 주방에 대문이 있는 꿈같은 아파트로 이사를 온 것이다.

아파트로 이사한 후에 교회를 옮기려고 여기저기 많이 다녔다. 어느 때나 이단이 있으나 그때는 예린교회가 이단이라고 지역의 모든 교회가 촉각을 곤두세우던 때였다. 명일동 OO교회 가서 예배를 드리고 암사동 OO교회 가서도 예배를 드렸다. 이제 집도 안정되어 교회를 잘 정할 수 있도록 매일 기도하며 기다렸다.

25. 서울시 공무원 시작

어느 날, 아파트단지에서 전도지를 돌리던 김 권사님과 만났다. 권사님의 안내에 따라 지금의 교회에 등록하고 교회 생활이 시작되었다. 하나님의 은혜로 아파트를 얻고 새로 정한 교회에서 새로운 예배 생활이 시작된 것이다.

"이 주임, 아버님이 오셨다니 상황실로 가봐!"

강남구청에 발령받고 몇 개월이 되어 점심시간이 지났는데 아버님이 오셨다는 것이다. 아들이 영일군청에서 강남구청으로 발령을 받고 서울로 와버렸으니 이제 돌 지난 손자가 눈에 아른거려 서울로 찾아오신 것이다. 아버님은 고향을 떠나 외지로 잘 다니지 않으신데 서울은 어떻게 찾아오셨을까. 알고 보니 고향의 경로당에서 같이 시간을 보내시는 윤OO 어르신의 아들이 서울에 살고 있어 다니러 간다는 이야기에 바로 따라나선 것이다.

"여보게, 나도 돌 지난 손자를 보러 가려니 서울에 나 좀 데려다주게."

급하게 따라나서 두루마기도 없이 옷도 제대로 갖추어 입지도 않으신 한복 저고리 바람으로 서울 길에 나선 것이다. 비둘기호 열차를 타고 포항에서 서울까지 장장 15시간이 걸리는 장거리를 오신 것이다. 또 서울역에서 강남구청으로 어떻게 찾아오셨을까. 아침 일찍 상황실에 오셨는데 처음 발령받은 직원 이름만 가져왔으니 누군지 알

30배, 60배, 100배의 결실

길이 없는 것이다. 요즘처럼 인사시스템이 있는 것도 아니고 인사기록카드를 다 펼쳐봐야 하니 오전의 시간이 다 간 것이다.

아버님을 모시고 암사동 아파트로 왔다. 깜짝 놀라는 아내와 낯설은 조손 간의 만남에 만감이 교차한다. 천리타향에서 시아버님이 오셔도 친정아버지를 만난 것 같아 반가워하는 아내를 보니 내가 괜히 서울로 온 게 아닌가 하는 아쉬움이 밀려왔다. 말이 태어나면 제주도로 보내고 사람이 태어나면 서울로 보내라는 말도 있듯이 어차피 지나온 길이니 뒤돌아보지 말고 눈 딱 감고 견디는 수밖에 없다. 고향이라고 농토가 있는 것도 아니고 처갓집 과수원이 내게 돌아올 리 없으니 뒤를 돌아볼 일이 없는 것이다.

"너는 부모 복(福)은 없어도 처복(妻福)은 있다 하니 남의 것 쳐다보지 말고 열심히 살아라."

아버님은 보름이 지나 시골로 가시면서 우리가 사는 아파트만이라도 우리 것이면 여한이 없겠다는 말씀을 남기시고 고향으로 내려가셨다.

네 살이 된 아들은 이제 숫자를 배운다. 우리 아파트가 5층인데 숫자 '3'과 숫자 '5'가 구별이 안 되는 모양이었다. 계단을 올라가면 5층이라 바닥에 쓰인 '5'자를 보더니,

"3자가 왜 여기 있어!"

아는 글자라고 신발로 바닥을 콩! 밟으며 5층의 5자를 3자라고 하는 것이다. 그 이후에도 숫자를 쓰면서 5자는 아래에서 위로 거꾸로 쓰고 3자라고 읽는 것이다.

30배, 60배, 100배의 결실

26. 작은아들 '재성(在晟)'을 주심

1990년 1월 8일(음력 12월 12일. 뱀띠), 작은아들이 태어났다. 이번에도 형님께 작명을 부탁했더니 '밝을 성, 환할 성(晟)'자를 보내오셨다. 재성(在晟)이라는 뜻은 '밝은 사람, 환한 사람'이라는 뜻이다. 그래서 그런지 어릴 때부터 찡그리는 얼굴보다 환하고 밝은 모습이 훨씬 많기도 하고 어울리기도 한다.

큰아들이 숫자를 배우는데 작은아들은 이제 태어났으니 언제 숫자 배우냐고 하여 아내와 한참을 웃었다.

호사다마라 했던가. 입사한 동기들이 승진하였다. 그런데 내 이름은 없었다. 지난번 감사원 감사에서 적발되어 징계 대상자라 승진할 수 없다는 것이다. 두 달 전 감사원 감사가 시작되어 발견된 사실은 '토지사기단'이 토지대장을 위조하여 등기소에 등기신청을 하니 진짜 등기된 '등기부부본'이 통지되어 토지대장을 정리한 일로 나에게 징계를 묻는다는 것이다. 입사 동기들은 승진하였는데 나는 감사원 감사에 대응하는 행정심판과 행정소송으로 1년을 보내고 드디어 행정법원으로부터 '원고 승소' 판결을 받아 동기들보다 1년 늦은 1991년

2월 승진과 동시에 서울시청으로 영전을 하여 동기들보다 빨리 승진할 자리를 찾아갔다. 그러나 거기도 내 자리가 아닌 모양이다. 1년이 못된 12월 강동구청으로 발령이 났다.

"덜 찬 것이 더 찬 것보다 낫다."라 하시던 아버님 말씀이 생각났다.

강동구청에서 새로운 직원들과 새로운 업무에 서서히 동화되어 가고 사는 집과 가정도 점점 안정되어 장모님께서 주신 1,000만 원을 빨리 돌려 드려야겠다는 생각이 들었다. 내 시간을 활용하여 부업하는 아내와 같이 일어서서 장모님께 인정받고 싶었다. 또 아들들은 하루가 다르게 점점 자라고 있는데 공무원 봉급 한 달에 겨우 30만 원으로 오르기는커녕 기어가고 있었다.

자판기 사업이 유행할 때 옆에 있는 직원이 '커피 자판기' 부업을 하고 있어 수입이 웬만하다는 이야기를 들었다. 귀가 솔깃하여 사방으로 알아보고 있는데 '커피 자판기'보다 좀 수월한 방법이 있었다. 커피 자판기는 아침저녁 관리를 하여야 하나 일주일에 한 번씩만 관리하면 되는 자판기가 있었다. 학교 근처의 문구점 앞에 설치하여 동전을 넣고 펀치를 날리는 '펀치볼' 자판기인 것이다. 평일 관리는 문구점 주인이 하고, 일주일에 한 번씩 동전만 수거하니 엄청 쉬운 일이었다. 기계 한 대당 120만 원을 투입하면 설치 장소 제공, 2년간 무상 A/S, 수입 예상액 월 20만 원 6개월이면 원금을 회수할 수 있

30배, 60배, 100배의 결실

고, 회수금액이 저조하면 3회까지 무상 장소 이전 등 너무 좋은 조건이었다. 아파트 전세금을 낮추어 시장 골목의 1,000만 원짜리 단칸방으로 이사하고 자판기 3대를 계약하였다. 아내는 지금도 그렇지만 그때도 내가 하려는 일을 말리는 경우가 별로 없고 안 되는 일이라도 내 말을 믿고 따라와 준다.

그러나 세상에서 제일 어려운 일이 돈 버는 일이라는 것과 수월하게 돈을 버는 방법은 없다는 것을 아는 데는 그리 많은 시간이 걸리지 않았다.

일주일에 한 번씩 청량리에 있는 자판기의 동전을 수거하기 위하여 왕복 세 시간씩 버스를 타고 가서 동전함을 열면 쏟아지는 동전이 겨우 몇십 개. 차츰 그것도 학생들이 쳐다보지 않아 자판기 옮기기를 여러 번, 매일 자판기를 관리하며 수입을 올리는 사람들이 대단하다고 생각되었다. 자판기 안에 있는 동전 500원의 소중함을 깨달으며 지금까지 나 혼자만을 위한 자동차를 사지 않는 이유이기도 하다. 6개월이 지나가면서 또 다른 장소를 물색하러 가는 나를 보고 아내는 그만 내려놓으라고 하였다.

"돈 벌 모퉁이는 죽을 모퉁이다."라는 아버지의 말씀이 떠올랐다.

자판기 일의 실패로 360만 원이라는 재산을 날려버리고 먹지 않던

26. 작은아들 '재성(在晟)'을 주심

술을 먹는 날이 잦아지고 있었다. 1991년도 360만 원이라는 돈은 공무원 한 달 봉급 30만 원이니, 일 년 봉급과 맞먹는 거금이라 생각하니 또다시 사우디아라비아를 갔으면 하고 뒤를 돌아보았다. 그때 하나님께서는 '소돔과 고모라 성'을 멸하실 때 "뒤를 돌아보지 말고 생명을 보존하라"는 천사의 말을 듣지 않은 롯의 아내가 소금기둥이 되었다는 말씀으로 다시는 돌아보지 말라고 위로하셨다.

암사동 양지시장 안에 있는 전셋집은 2층 올라가는 계단 아래에 있는 1층 방이었다. 나의 섣부른 판단으로 아내와 아들 둘을 이 열악한 곳에서 살게 하였다고 생각하니 견딜 수 없었으나 하나님께 기도하며 하루하루를 연명하다시피 살아가고 있었다. 구청과 가까이 있으니 직원들과도 자주 어울리고 저녁 늦게 귀가하는 일이 잦아졌다. 목적도 없이 다니는 나를 같이 근무하는 직원들이 테니스를 배우자고 권하여 "어떤 일을 잊으려면 다른 일을 하라"는 말도 있듯이 테니스를 시작하였다.

하루는 내가 살던 집의 낡은 철 대문이 떨어졌다. 철 대문이 떨어지면서 콘크리트 포장된 골목에서 놀던 큰아들을 덮쳐 옆에 있던 아내가 그 무거운 철 대문을 번쩍 들어 아들을 꺼냈다고 한다. 다행히 크게 다친 곳이 없어 괜찮으나 머리 뒤쪽이 찢어져 몇 바늘을 꿰맨 아들을 보면서도 나의 생활은 별로 달라지지 않았다. 집, 사무실, 테니스, 술, 당구, 담배 등 교회를 나갔으나 열정도 없이 주일 하루를

30배, 60배, 100배의 결실

겨우 보내고 또 일주일을 살아가고 있었다.

장모님 생신을 맞이하여 아내가 친정에 갔다. 나는 못 가고 아들들을 데리고 다녀온다고 하여 걱정이 되었으나 잘 다녀오라고 하였다. 며칠 후 처가에서 큰아들이 다쳤다는 전화가 왔다. 15톤 화물차와 부딪쳤다고 하는데 별로 다친 곳이 없다고 한다. 아니 애가 돌멩이도 아니고 철판도 아닌데 화물차와 부딪쳐서 별로 안 다치다니 걱정이 태산이었으나 갈 수도 없고 며칠을 기다렸더니 하얀 네모 붕대를 머리에 붙이고 큰아들이 왔다.

"재야! 괜찮아?" "응! 아빠, 요기 쪼금 아파!" 안아주는 내 팔에 솜처럼 안겨 오는데 가슴이 무너진다.

며칠 후, 아들의 머리에 붙은 네모 붕대도 떼고 언제 그랬냐는 듯 뛰어노는 모습을 보니 또 한시름을 놓고 일상으로 돌아온다.

지난봄부터 시작한 테니스의 실력이 점점 늘어간다. 이제는 백핸드(backhand stroke)로 포인트를 올리기도 하고, 오른손잡이라 포핸드 스트로크(forehand stroke)는 경지에 가깝기도 하다. 우리 부서 직원들이 같이 시작하는 바람에 경쟁이 붙어 주말에는 공이 안 보이는 저녁까지 경기한다. 서로 같이 배워 실력도 어금버금하니 재미도 점점 늘어만 간다. 서브 득점을 위하여 저녁마다 빈 라켓 일, 이백 번씩 휘

26. 작은아들 '재성(在晟)'을 주심

두르기도 한다. 연습하는 모습을 보면 국가대표로 나가는 것 같다.

30배, 60배, 100배의 결실

27. 새벽 기도의 시작

　　　　　토요일 오후 1시에 근무가 끝나면 상일동 4단지 주공아파트 테니스코트에서 공이 보이지 않을 때까지 경기하고 주일에는 예배 한 시간을 드리고 바로 상일동 코트로 간다. 상일동에 빈 코트가 없으면 한강 둔치에서 경기한다. 지난주부터는 새벽에 한 게임 하고 출근한다. 아침 5시에 일어나 상일동 코트에서 공이 안 보이니 빈 라켓으로 서브 연습을 하다가 공이 보이기 시작하면 경기를 한다. 10월이 되어 해가 짧아져 아침에 할 수 있는 시간도 자꾸 줄어든다.

　1992년 10월 26일 월요일, 테니스 친구 넷이서 오후 출장을 가기로 모의했다. 출장지를 빨리 돌아보고 누가 먼저랄 것도 없이 상일동 코트로 갔다. 출장 업무를 일찍 끝내고 테니스를 치러 모인 것이다. 한참을 재미있게 경기를 하고 있는데 하남시청에 근무하는 이 주임이 찾으러 왔다. 이 주임은 나와 동갑내기로 생일도 음력으로 같은 날, 즉 한 날 태어난 묘한 인연으로 내가 회원들에게 소개하여 같이 테니스를 배우는 회원이므로 우리가 여기 있는 줄 알고 찾아온 것이다.

　"이 주임! 집으로 빨리 가봐, 재야가 다쳤다네!"

집 앞의 병원으로 갔다. 큰아들 재야가 다쳐 수술하고 있다고 한다.

집 앞 골목에서 놀다가 정호네 집으로 가서 놀려고 가니 정호네 현관문이 닫혀있어 정호가 '유리문을 깨고 들어가자' 하며 돌을 던져 현관 대형 유리문을 깼다고 한다. "펑"하는 소리와 함께 현관 유리문이 깨져 유리 파편이 사방으로 날리며 옆에 서 있던 아들의 머리 옆으로 커다란 유리 조각이 스쳐 25바늘을 꿰매는 큰 수술을 한 것이다.

이스라엘 민족이 애굽을 탈출할 때 막아서는 완악한 바로 왕에게 여호와께서 내리신 마지막 재앙이 장자(長子)를 치는 것이었다. "애굽 땅에 있는 모든 처음 난 것은 왕위에 앉아있는 바로의 장자로부터 맷돌 뒤에 있는 몸종의 장자와 모든 가축의 처음 난 것까지 죽으리라 그러나 이스라엘 자손에게는 사람에게나 짐승에게나 개 한 마리도 그 혀를 움직이지 아니하리니 여호와께서 애굽 사람과 이스라엘 사이를 구별하는 줄을 너희가 알리라(출애굽기 11:5~7)"

천둥 같은 하나님의 음성과 함께 쏟아지는 눈물로 그 자리에 쓰러졌다.

'주님, 저를 용서하여 주시옵소서. 이 죄인이 바로와 같이 완악하여 하나님께서 주신 큰아들을 다치게 하였습니다. 두 번이나 아들이 다쳐 세상에 있는 저를 부르셨는데 무지한 이 죄인이 세 번씩이나 큰

30배, 60배, 100배의 결실

아들을 다치게 하였습니다. 이제는 세상에서 교회로 돌아가오니 부디 저를 용서하여 주시옵시고 아들의 상처를 어루만져 주시옵소서.'

이튿날 새벽 테니스코트에 가던 발길을 돌려 새벽 기도를 드리러 교회로 갔다. 집에 오니 주머니에 '한라산' 담배 세 개비가 있었다. 아침에 한 대 피고 출근하여 누구 한 대 주고, 점심에 한 대 피고 책상의 재떨이를 쓰레기통에 버리고 담배를 끊었다.

그로부터 시작된 새벽예배는 자연스러운 생활이 되어 특별한 일 외 다른 모든 생활은 교회를 중심으로 돌아가게 되었다. 주일예배, 수요예배, 새벽예배 등 형식적이고 습관적인 예배를 떠나 하나님의 말씀에 귀를 기울이며 살고자 하니, 테니스 모임도 끊어지고, 술친구도 끊어지고 담배 친구도 끊어져 세상과 점점 멀어지기 시작하였다.

큰아들 재야의 상처가 다 나았다. 25바늘을 꿰맨 이마 옆에서 내려오는 흉터가 나의 가슴에도 남아 주홍글씨의 'A'자처럼 영원히 지워지지 않을 것 같았다.

다시 새해가 밝아 1993년이 되었다. 교회학교 중등1부(중학교 1학년) 교사로 봉사하고 있었는데 새로 부임하신 정 전도사님께서 총무를 맡겨 총무로서 새로이 열심을 내어 봉사를 시작하였다. 봄이 되자 몇 개월 하지도 않았으면서 새벽예배가 힘이 들기 시작했다. 안

집사님께서 새벽예배는 '성가대'를 하면 오래 할 수 있다고 하여 '새벽 성가대'에 지원하여 매일 5시에 일어나 새벽예배 성가대로, 주일에는 교회학교 교사로 봉사하기 시작했다. 하나님의 일을 하면서 교회에서는 이리저리 함박웃음을 띠고 다녀도 집의 형편은 그리 나아지지 않았다.

여름이 되어 휴가철이 다가왔다. 아이들의 어린이집도 방학을 하고 아내도 은근히 하계휴가를 기다리는 눈치다. 고향으로 가고 싶어서 그런 거리라.

"이번 여름휴가는 청평에 있는 멋진 콘도를 예약했으니 청평으로 갑시다."

청평에 있는 교회기도원이 준공되고 부흥회가 열렸다. 우리 가족은 일 년에 한 번뿐인 하계휴가를 교회의 기도원으로 갔다. 아이들과 아내를 모시고 최고의 휴양지로 간 것이다.

1994년이 되었다. 큰아들은 그 뒤로 아무 사고 없이 잘 자라 강동초등학교에 입학하였다. 입학하자마자 산수경시대회를 비롯하여 과학경시대회, 창작경시대회 등 상을 휩쓸고 다녔다. 처음 며칠을 제외하고 혼자 버스를 타고 다니는 등 초등학교 1학년임에도 잘 적응하고 있었다. 어려서부터 행동이 좀 느려 걱정했는데 담임선생님에게

30배, 60배, 100배의 결실

도 칭찬을 많이 받아 걱정을 덜었다.

박 장로님께서 천호동에 새 건물을 완공하시고 우리에게 '반지하에 이사 오겠느냐'고 하였다. '네, 가겠습니다.' 하였더니 '지금 사는 전세금이 얼마냐'고 하셨다. 그동안 부지런한 아내의 도움으로 암사동 전세금을 300만 원 올려주어 1,300만 원이라고 하니 장로님은 오라고 하셨다. 이사한 다음 복덕방에 가서 알아보니 1,800만 원은 받을 수 있는 집인데 장로님이 우리 돈에 맞추어 오라고 하신 것이다. 새로 지은 반지하 집의 방은 하나라 해도 넓고 입식 부엌과 실내에 샤워장 및 화장실이 따로 있어 우리 가족 네 식구가 살기에는 딱 적당하였다.

큰아들은 여름방학을 하여 상미미술학원에 다니고, 작은아들은 상미어린이집에 다녔다. 방학이다 보니 어린이집도 휴일이 많았다. 하루는 아내가 일찍 나가면서 아이들을 집 앞에 두고 상미학원·어린이집 노란 버스가 오면 타고 가라고 일러주고 갔단다. 저녁에 퇴근하고 오니 반지하 계단 아래 현관문 앞에서 아이들 둘이 뽀얀 먼지를 뒤집어쓰고 자고 있었단다.

"재야, 재성! 얘들아! 왜 여기서 자고 있어?"
"엄마, 왜 이제야 왔어? 한 시간이나 기다렸잖아!"
정말 한 시간을 기다린 줄 알았단다. 그날은 상미학원·어린이집이 개원기념일이라 휴일인 바람에 오지 않는 노란 버스를 기다리다 문이 잠긴 반지하 현관문 앞에서 종일 엄마를 기다리다 지쳐 자고 있었던 것이다.

현관문 앞은 대여섯 개 계단을 내려와 홈통처럼 파여 바람이 불면 낙엽과 먼지가 홈통으로 내려앉아 아이들의 머리 위에 쌓이고 쌓여 낙엽과 뽀얀 먼지를 머리에 쓰고, 그 와중에 작은아들은 태산같이 믿는 형의 가슴에 안겨 자고, 큰아들은 동생을 안고 자고 졸고 있었다고 한다.

30배, 60배, 100배의 결실

28. 잊지 못할 중등부 하계 수련회

작년에 교회학교 중등1부 총무를 맡아 열심히 봉사했더니 올해 중등부 하계 수련회의 모든 일정과 프로그램을 나에게 맡겼다. 교회학교의 조직은 중등 1, 2, 3부로 나뉘어 기관 운영과 연간 사업계획 및 예배 일정은 달라도 하계 수련회는 공동 개최하기로 한 것이다. 참가 인원은 약 300명. 중학생을 대상으로 3박 4일 일정의 모든 계획 및 운영은 중등 1부 총무가 맡기로 하고, 중등 2부와 3부는 적극적으로 도와주도록 결정하였다.

3월이 되어, 연중행사 중 가장 큰 행사인 '하계 수련회 준비단'이 구성되었다. 전년도 수련회에 참가한 교사들과 각 부장 총무 등 12명의 인원이 전년도 프로그램을 참고로 반응이 좋았던 프로그램은 진행하고 부족한 부분은 보완하고 새로운 프로그램을 한두 개 편성하여 진행하기로 하였다.

전년도 아이들의 설문조사를 보니 야외활동이 포함된 프로그램을 좋아한다는 것을 알고 새로운 프로그램을 구상하던 중 "예수님께서 '오병이어(五餠二魚)'의 기적을 행하시고 무리를 떠나 기도하러 산으로 가시니라"는 말씀에 의지하여 우리 학생들에게 오병이어의 기적도 가르치고 나아가 산에서 기도하는 교육을 병행하고자 오리엔티어링(Orienteering)을 구상하였다.

오리엔티어링(Orienteering)은 지도와 나침반을 들고 산속의 여러 지점을 통과하여 최종 목적지까지 정해진 시간에 찾아가는 경기로, OL(독일어 Orientierungs Lauf)이라고 하며 '목표를 정하여 빨리 달리기'라고 할 수 있다. 모든 것을 혼자서 결정하여 목표물을 찾아가는 OL은 코스를 빨리 판단할 수 있는 머리와 빨리 달릴 수 있는 강건한 체력이 뒷받침되어야 한다. 길이 없는 숲속에 지도를 보고 인근의 지형지물과 식물의 생활 상태를 파악해야 하며, 무수히 많은 코스 중 한정된 시간으로 목표에 도달하기 위하여 단축할 수 있는 코스를 선택해야 한다.

그러나 중학생이 할 수 있는 수준의 새로운 프로그램 'OL'를 만들기 위하여 '한국산악회'를 찾아 OL의 기본적인 내용을 먼저 공부하고 기도원 주변의 지도를 구하는 한편 군부대에 의뢰하여 나침반을 빌리기로 했다. 'OL과 기도', 새로운 프로그램 이름이었다. 중학생들의 수준에 맞추어 선생님과 대화를 통하여 서로를 알고 또한 목적지에는 고구마나 군밤 등 군것질도 감추어 두고 OL의 형식을 빌려 교제를 나누고 산속의 기도 생활도 체험하는 프로그램을 기획한 것이다.

30배, 60배, 100배의 결실

중등부 하계 수련회 준비는 잘 진행되어 가고 있었다. 주일마다 각 부서에 진행 과정을 알리고 협조사항을 당부하였다. 교통, 식사, 간식, 의약품, 찬양, 음향, 홍보, 순서지 등 각 부 담당 교사를 정하여 매주 준비단 회의를 하는 등 차질없이 진행되는 것 같았다.

국제사회가 냉전 상태를 벗어나면서 북한의 김일성 주석과 대한민국의 김영삼 대통령과 '남·북 정상회담'이 성사되어 회담을 한 달 앞둔 어느 날 '공무원 휴가 금지' 공문이 내려왔다. 휴가를 못 간다니? 3개월이 넘게 지금까지 준비한 하계 수련회를 못 간다니 망연자실하였다. 그러나 방법이 있을 것이라 하고 계속하여 진행하였다. 더욱 가속하여 주일 대예배 시간에 교인들에게 알리고, 학교마다 홍보물을 만들어 돌리고 학생들에게는 친구들을 초대하는 이벤트도 만들어 포상을 내걸기도 하였다.

하계 수련회가 2주일 앞으로 다가왔다. 휴가를 가려면 거짓말로 가는 방법도 있을 것이다. 그러나 하나님의 일을 하면서 거짓말로 수련회를 가고 싶지 않아 하나님께 기도를 하였다. 새벽기도 시간에 하나님의 음성이 들려왔다.

"너는 내게 부르짖으라 내가 네게 응답하겠고 네가 알지 못하는 크고 비밀한 일을 네게 보이리라 (예레미야 33:3)"

더욱 크게 부르짖었으나 응답 없이 토요일이 되었다. 이제 1주일이 남았으니 지금까지 준비한 모든 자료를 플로피디스크에 담았다. 내일 교회에 가서 나를 이어 하계 수련회를 준비하는 박 선생에게 전달하여야겠다. 3개월이 넘게 준비한 하계 수련회를 못 간다니 눈물이 흘렀다.

1994. 7. 9. 토요일이 되어 퇴근 시간이 다가왔다.

'오전 12시!' 속보가 나왔다. 김일성이 죽었다는 것이다. 동족상잔의 비극으로 백만 명이 넘는 사상자를 낸 비극의 장본인 민족의 원수 김일성이 죽었다는 것이다. 영원히 죽지 않을 것 같은 김일성이 죽었다는 방송이 계속 나오고 있었다. 하나님의 일을 방해하는 김일성을 완전히 보내버린 것이었다.

다음 날 주일이 되었다. 전도사님께 '내가 하계 수련회를 갈 수 있다고 했지 않느냐'며 큰 소리로 웃으며 소리를 쳤다. 전도사님께 김일성이 죽었으니 남·북 정상회담이 취소될 것이고, 공무원 하계휴가도 갈 수 있을 거라고 하였다. 전도사님은 반신반의하였지만 나는 하계 수련회를 갈 수 있다고 확신하였다.

다음 주 수요일, '공무원 하계휴가 실시' 공문이 내려왔다.

30배, 60배, 100배의 결실

300명이 넘는 학생들과 50명이 넘는 교사들이 3박 4일 동안 즐겁고 재미있고 보람된 수련회를 무사히 마치고 폐회 예배에 대표 기도를 드렸다. 감사의 눈물이 흘렀다.

"하나님 아버지, 3박 4일 수련회 동안 우리를 지켜주셔서 감사합니다! 이제 교회로 돌아가오니 우리와 항상 함께하여 주시옵소서!"

교회로 돌아왔다. 힘들었지만 힘들지 않았고, 피곤하여도 피곤한 줄 모르고 기뻐하며 감사와 찬양으로 하나님께 영광을 돌리는 1994년 하계 수련회였다.

여름방학이 한 달 정도 남았다. 아들들을 고향으로 보냈다. 방학 동안 큰아버지댁에서 할아버지와 같이 생활하면서 가족 친척들과 정도 두터워지고 집성촌의 분위기도 익히라고 보낸 것이다. 김포공항에서 포항행 비행기로 보내면 포항공항에 큰아버지가 마중 나와 데려가는 것이다. 방학이 끝날 때가 되어 아이들을 데리러 나 혼자 고향으로 내려갔다.

여름방학 한 달 동안 완전히 시골 애들이 되었다. 머리는 더워서인지 빡빡머리로 밀고 새카만 얼굴에 눈만 반짝인다. 작은아들은 아직 애기다. 아빠가 왔다고 무릎에 털썩 앉는다. 할아버지께서 아빠 다리 아프다고 내려오라신다. 하루를 보내고 경주에서 서울행 고속버스표를 사고 애들에게 두 시간은 가야 휴게소가 있으니 화장실에 들러 물 좀 버리고 가자고 했다. 큰아들은 화장실을 가는데 작은아들은 장난감 가게를 연신 두리번거리며 화장실 갈 생각이 없나 보다.

  고속버스가 출발하고 한 시간도 못 가서 사달이 났다. 작은아들이 "아빠 쉬쉬! 아빠 쉬쉬!" 한다. 나는 얼른 포카리스웨트를 마시고 거기에 물을 버리라고 했다. 얼마나 마려웠는지 한 병이 넘어 넘치더니 내 손을 지나 버스 바닥으로 주르륵 내려간다. 바닥에 흥건하게 고인 물은 버스가 앞으로 휙 가면 물이 뒤로 쓰으윽…, 버스가 좀 서면 물이 앞으로 쓰으윽…, 참으로 난감하여 보고 있는데 앞자리에 앉은 아주머니가 나를 보고는,

  "아빠 혼자서 아들 둘을 기르나 보네…. 쯧쯧쯧!"

  '주님, 이 일을 어찌하오리까?' - 항상 기뻐하라! -

30배, 60배, 100배의 결실

29. 개포동 공무원임대아파트

가을이 왔다. 아내는 아이들을 어린이집에 보내고 본격적으로 화장품 사업을 시작하였다. 1994년 공무원 봉급이 50만 원 남짓하니 아이 둘을 기르고 네 식구 생활비를 쓰면 딱 적당한 금액이었다. 그러니 아내에게 일을 그만두라고 할 형편이 아니었다. 아침 일찍 아이들을 학교로, 어린이집으로 보내고 일을 시작하여 아이들이 돌아오는 오후 5시에는 집에 돌아와 아이들 저녁을 챙겨주고 또 저녁에 판매일을 다시 나가기도 하였다.

몇 년 전부터 서울시에서 같이 근무하던 김 소장이 설립한 '대한기술단'에 아르바이트 겸 측량일을 도와주고 있다. 김 소장의 측량팀은 아직 업무가 미숙한 점이 많았다. 경북의 안동시와 김천시, 제주도 등 용역업을 수주할 때마다 2~3일 정도의 휴가를 내어 조언하기도 하고, 건축설계사무소에서 토목설계 일을 맡으면 도와주기도 하였다. 그러던 어느 날 김 소장이 나에게 본격적으로 제의를 하였다. 내가 공무원을 그만두고 나의 측지기사 1급 자격증으로 측량협회에 등록하여 같이 일을 하자는 것이다.

공무원 봉급이 50만 원 남짓 되니 급여를 그 배로 책정하고 연말 사무실 실적에 따라 상여금을 주겠다는 좋은 조건이었다. 또 김 소장은 자격증이 없어 어차피 누군가의 자격증으로 등록해야 하니 업무를 아는 내가 꼭 필요하다는 것이다. 올해가 공무원 10년이 되므로 올해 말까지 생각해 보고 답을 주겠노라고 하였다. 이튿날 새벽예배부터 새롭게 기도하기 시작했다.

누가 말하기를 "공무원을 그만두려면 10년 전에 그만두고, 20년까지 그만두지 못하면 평생 공무원 한다."라는 공무원사회에서 회자되는 불문율 같은 이야기를 들었다.

1995년이 밝았다. 아내의 화장품 사업이 조금씩 나아지기 시작했다. 본사에서 독립하여 강동구 성내동에 사무실을 얻어 피부관리실을 겸하여 운영하기 시작했다.

대한기술단의 김 소장은 내가 당연히 그만둘 것으로 생각하며 압박하기 시작하였다. 공무원 그만두려면 빨리 그만두라고 하였다. 이제는 결단을 내려야 할 때가 왔다. 그러나 나를 믿고 있는 아내와 아들 둘을 생각하니 앞이 캄캄하였다. 새벽예배 시간에 계속되는 기도는 응답이 없었다. 차일피일 시간을 보내며 봄이 왔는데 공무원 임대 아파트에 배정되었다는 공문이 왔다. 공무원 장기근무 순번으로 배정되는데 이제 겨우 10년이 되는 나에게 배정이 된 것이다.

30배, 60배, 100배의 결실

'강남구 개포동(일원동) 공무원아파트 706동 711호, 21평.'

나는 다시 기도하기 시작하였다. 공무원 생활을 계속할 것인가 그만둘 것인가를 두고 계속 기도하였다. 6월이 되어 이제는 결정하여야 할 시간이 되었다. 1995년 8월 15일 화요일이 입주일이라 시간이 없었다. 주일예배 시간이 되었다. 지금은 작고하신 원로 목사님께서 "강하고 담대하라 두려워하지 말며 놀라지 말라 네가 어디로 가든지 네 하나님 여호와가 너와 함께하느니라(여호수아 1:9)" 우리가 어디로 가든지 여호와께서 함께하신다는 말씀으로 설교를 하셨다. '그래, 단순히 봉급만으로 공무원을 그만둘 수는 없다'고 생각했다. 나의 잘못은 아니었지만, 공무원 시작과 동시에 징계를 먹어 동기들보다 승진도 늦었는데 그만두면 뭐라고 할까, 나의 자존심이 허락하지 않았다. 김 소장에게는 다른 사람을 알아보라고 하고 큰아들의 전학 수속을 밟는 등 개포동으로 이사할 준비를 하였다.

1995년 8월 12일 토요일 아침, 새벽 성가대장 김 권사님에게 이제 개포동으로 이사 가니 새벽예배를 나올 수 없다고 말씀드렸다. 권사님께서는 "송 권사가 내게 차를 사라고 하는데 이 집사가 그 차를 사서 새벽 기도에 오면 되겠네." 하셨다. "얼마에요?" "250만 원 달라고 하는데 200만 원에 달라고 할게."

'공무원아파트 전세금 1,620만 원(이 숫자를 잘 기억해 주세요.)도 겨우 만들었는데 200만 원이 어디 있나요?' 생각하며 집으로 왔다. 아내가 이삿짐을 정리하던 중 생각하지 않았던 삼성증권이 나와 증권 계약을 해약하니 198만 원, 차값에 2만 원이 모자라는 금액이었다.

여름날 오후 무더위를 시원하게 식히는 소나기를 맞으며 개포동으로 이사를 했다. 김 권사님께서 소개하신 '엑셀' 자동차를 200만 원에 사서 사우디에서 배운 솜씨로 운전하고 가는 것이다.

개포동에 공무원임대아파트 1,620만 원 전세금으로 이사한 후 주일이 되어 교회에 가니 담임목사님께서 '믿음의 결실'이라는 주제로 말씀을 전하셨다. "좋은 땅에 뿌려졌다는 것은 곧 말씀을 듣고 받아 삼십 배나 육십 배나 백 배의 결실을 하는 자니라(마가복음 4:20)"

'주님, 저의 믿음도 좋은 땅에 뿌려져 100배의 결실을 거두게 하시옵소서!'

기도는 하였지만 내 믿음의 결실이 100배나 되어 열매를 맺은 날이 과연 올 것인가를 의문하며 하루를 보낸다. 지금 당장은 공무원임대아파트에 들어가 5년은 집 걱정을 하지 않아도 되지만 5년 뒤 집은 어떻게 하며 100배의 결실을 거두기 위하여 무엇을 어떻게 할 수 있는 것일까? 나는 다만 하나님께 나아갈 바를 기도할 뿐이다.

다음 날부터 아침이 분주해졌다. 새벽 5시에 일어나 용모를 정돈하

30배, 60배, 100배의 결실

고 급하게 차를 몰아 아내와 같이 천호사거리에 있는 교회에서 새벽예배를 참석하고 마치면 아침 7시, 개포동 집으로 오면 7시 30분, 큰아들은 일원초등학교 2학년, 작은아들은 일원유치원으로 보내고 또 같이 차를 타고 아내를 강동구 사무실에 내려주고 강동구청으로 출근한다.

퇴근 시간이 되면 아내 사무실에서 같이 퇴근하거나 각자 집으로 퇴근한다. 먼저 오는 사람이 애들을 건사하고 내일을 준비한다.

공무원임대아파트는 공무원연금관리공단에서 운영하는 아파트로서 임대아파트에 사는 공무원이면 누구나 5년 후 이사할 집 걱정을 한다. 우리도 2000년 8월 15일까지 1년에 5%씩 인상하여 전세금을 올려주고 5년 후 이사 갈 다른 집을 구해야 하니, 신문에 아파트 분양 광고만 나면 비슷한 공무원들이 모두 줄을 서는 것이다.

1996년 3월 4일. 작은아들이 초등학교에 입학하였다.

생일이 1월생이라 7살에 입학을 하였는데 잘 적응할 수 있을지 모르겠다. 입학한 지 며칠 후 담임이 전화를 하셨다. 수업 시간에 운동장에서 놀고 있다는 것이다. 아내가 담임선생님과 면담을 하고 저녁에 작은아들에게 왜 운동장에서 놀았는지 물었다.

"엄마, 나는 일원초등학교를 끊고 일원유치원으로 갈 거야!"

아내의 사업 매출과 함께 직원들도 점점 늘어나기 시작하였다. 사업의 매출도 늘어나고 바쁜 가운데 운전을 해야 하니 면허를 따야 한다. 차가 자동변속기라 운전면허도 자동변속기 시험이라 조금 쉬우리라 생각했는데 처음 운전하는 사람은 마찬가지겠지. 그래도 단번에 면허를 취득하여 그날부터 운전대를 잡고 용감하게 다닌다. 가락동 사거리 왕복 8차선 중앙에서 신호가 바뀌는 바람에 앞으로 갈지 뒤로 갈지 몰라 중앙에서 그대로 정차한 일 빼고는….

1997년 1월이 되어 장인어른이 노환으로 돌아가셨다. 나의 정신적 지주이신 장인어른이 가시니 갑자기 힘도 없어지고 의욕이 하나도 없어지기 시작하였다. 내 인생이 방향을 알려주시고 사는 방법도 알려주셨으며, 나의 취미인 바둑도 알려주신 사범이시기도 하다. 임종의 순간에 아내로부터 받아들인 예수님을 믿고 하늘나라에 가셨다. 일평생 가문의 족보를 신앙처럼 믿고 사신 장인어른의 소천에 이 지면을 빌려,

"하늘나라에서 평안한 삶과 영원한 복락을 누리시기를 기도드립니다."

우리 교회 기관장 발표가 있었다. 나는 초등학교 4학년 부장으로 임명되었다. 중등부 총무로서 보람 있었던 시간은 뒤로하고 초등학

30배, 60배, 100배의 결실

교 아이들과 같이 예배를 드리는데 우리 집 큰아들과 같이 예배를 드린다. 중등부와 또 다른 의미가 있는 봉사의 시간이다.

30. 반지의 보석, 로마서 8장

다시 여름 휴가철이 되었다. 아내와 아이들과 교회 기도원으로 여름 부흥회를 갔다. 로마서 8장을 가지고 부흥회를 인도하시는 목사님의 열정이 넘치고 은혜가 넘치는 부흥회가 계속되고 있다. 성경을 반지에 비유한다면 로마서 8장은 반지의 보석이라고 하였다. 그만큼 우리 기독교 교리의 핵심이라고 할 수 있다고 하셨다. 기도원의 저녁 집회에서 당시 담임 목사님께서 "김OO 권사 나와서 로마서 8장 암송해 보세요."라고 했다. 나는 무슨 이야긴가 하고 보고 있는데 김 권사님께서 나오셨다.

"그러므로 이제 그리스도 예수 안에 있는 자에게는 결코 정죄함이 없나니 이는 그리스도 예수 안에 있는 생명의 성령의 법이 죄와 사망의 법에서 너를 해방하였음이라…."

로마서 8장, 1절이 끝나고 2절, 3절… 38절에 이어, 39절!

"내가 확신하노니 사망이나 생명이나 천사들이나 권세자들이나 현재 일이나 장래 일이나 능력이나 높음이나 깊음이나 다른 아무 피조

30배, 60배, 100배의 결실

물이라도 우리를 우리 주 그리스도 예수 안에 있는 하나님의 사랑에서 끊을 수 없으리라. 아멘."

로마서 8장 1절~39절까지 말씀을 다 암송하셨다.

강사 목사님의 로마서 강해로 은혜가 넘치는 부흥회보다 나에게는 권사님의 성경 암송에 더 큰 은혜를 받아 은혜가 넘치고 새로운 기쁨의 세계를 안겨준 밤이었다.

강동구 암사동 선사현대아파트가 일반 분양에 들어간다고 하여 주변 사람들이나 공무원들의 관심이 높아지고 있었다. 24평 분양대금이 10,800만 원으로 책정되어 나도 신청하였으나 떨어졌다. 그 후 여기저기 분양광고를 보고 있는데 1997년 11월 IMF가 터졌다. 국가가 국제적인 빚쟁이가 되고, 기업들이 무너지기 시작하였다. 대기업에 다니던 친구들이 하루아침에 실업자가 되었다. 아파트 분양받은 사람들이 대출금을 못 이겨 분양가보다 낮게 매도를 하였다. 우리가 떨어진 선사현대아파트의 매물도 늘어났다. 우리는 10,200만 원에 ○○○동 ○○○호를 매수하였다. 한강으로 바로 나갈 수 있는 위치 좋은 곳을 골라 매수한 것이다. 세상의 모든 기준은 자기를 중심으로 흐른다고 했던가? 누구는 분양대금보다 5%나 손해 보고 팔고, 누구는 분양신청에 떨어져 5%나 싸게 매수를 하고 정말 아이러니하지 않은가.

나의 공무원 탈출을 위한 노력은 아직도 계속되고 있다. 10여 년 전에 감정평가사 시험을 기웃거리다가 서울로 와 잠잠하다가 다시 감정평가사 준비를 하려고 서울대 입구에 있는 서울법학원에 등록하여 며칠을 수강하였는데, 당시 주택관리사 공부를 같이하던 학원 친구의 말을 듣고 목표를 변경하여 1995년부터 시작한 '주택관리사' 시험은 고난의 연속이었다. 강동구청에서 서울대입구역 학원까지 가서 오후 7시부터 오후 10:30분까지 강의를 듣고 집에 오면 저녁 11:30분. 잠자는 아이들을 보고 잠자리에 들어 새벽 5시에 일어나 새벽예배를 참석하고, 구청에 출근하여 근무를 마치면 오후 6시, 다시 강동구청에서 서울대입구역 학원까지 가서 강의를 듣고 마치면 오후 10:30분 집에 오면 저녁 11:30분….

그 시간이 헛되지 아니하여 1996년 1차 시험에 합격하고 2차 시험을 준비하고 있다. 다행히 천호동에 학원이 개설되어 서울대 입구까지 가지 않아도 되니 여유가 있다. 그래도 주택관리사 2차 시험은 상대평가로 당락이 결정되니 하나도 소홀히 할 수 없다.

1998년 한 해는 주택관리사 2차 시험에 완전히 올인하였다. 격년제로 시험을 치르니 1997년은 시험이 없어 이번에 합격하지 못하면 다시 하기는 어려울 것이다. 1998년 휴일을 모두 일원동의 청소년수련관, 길동도서관, 고덕도서관으로 다니며 책과 씨름하였다. 주택관리사(보)의 연봉은 당시 3,500만 원을 상회한다고 하여 인기 있는

30배, 60배, 100배의 결실

자격증이라 준비는 하고 있어도 합격에 자신은 없었다. 그러나 하나님께서 "구하라 그러면 너희에게 주실 것이요 찾으라 그러면 찾을 것이요 문을 두드리라 그러면 너희에게 열릴 것이니 구하는 이마다 얻을 것이요 찾는 이가 찾을 것이요 두드리는 이에게 열릴 것이니라(마태복음 7:7~8)"고 하신 말씀에 의지하여 오늘도 가장 먼저 도서관을 열고 가장 늦게 도서관을 나온 것이다.

1998년 12월 29일 주택관리사 발표, 상대평가 평균 86점 합격! 딱 커트라인으로 합격하였다.

주택관리사 합격의 영광을 하나님께 돌리고 저물어가는 해를 보며 앞으로 이 자격증이 또 어떻게 나의 인생에서 사용될 것인가를 기도하며 기다린다.

1998년 우리 교회 항존직 임명식이 있었다. 만 38세 안수집사로 임명을 받은 것이다. 나보다 나이 어린 사람을 보기 어려울 정도로 연소자 임명이었다. 더 열심히 하라는 의미로 받아 하나님께 영광을 돌립니다.

1999년 새해가 밝아 교회의 기관장 임명이 있었다.

초등학교 6학년 2부 부장으로 봉사하게 되었다. 6학년 1부는 유

30. 반지의 보석, 로마서 8장

권사님이 부장을 맡으셔서 같이 봉사하게 되었다. 유 권사님은 평소 존경하는 몇 분 권사님 가운데 한 분이다. 부군이 대한민국 최고의 국립대 교수이기도 한데 겸손함과 본받을 점이 많은 분과 같이 봉사하게 되어 영광이다.

교회학교 6학년부를 잘 운영하며 점점 아이들과도 친해지고 안정되어 가는 봄이 오는 길목에 건강하시던 아버님께서 소천을 하셨다. 향년 85세, 수(壽)가 짧으신 삼촌들의 수를 받아 혼자 긴 수명을 누리신다고 하시더니 이제 하늘나라에 가셨다. 어머니께서 유명을 달리하신 뒤 늘 어머니를 그리워하신 아버님!

"이제 영원한 하늘나라에서 어머니를 만나 평안한 복락을 누리시기를 기도드립니다."

30배, 60배, 100배의 결실

31. 하나님께서 주신 기도의 선물

··

2000년 3월 2일, 큰아들이 배재중학교에 입학하였다. 올해 8월이면 공무원임대아파트 5년이 지나니 어디로 입학할 것인가를 고민하다가 전통이 있는 강동구 고덕동의 배재중학교에 배정을 받은 것이다. 미션스쿨을 보내고 싶었는데 하나님께서 우리 기도를 들어주신 것이다.

중학생이 된 큰아들은 학교를 마치면 성내동에 있는 아내 사무실에서 숙제도 하고 공부도 하다가 아내와 같이 차를 타고 개포동으로 오는 것이다.

"재야, 올해 8월이면 선사현대아파트 우리 집으로 이사 가니 조금만 참아라!"

2000년 8월 12일 토요일. 강동구 암사동 선사현대아파트 난생처음 내 집에 입주하였다.

서울 온 지 10년이 넘어 내 집을 가지게 되었다. 우여곡절과 어려움도 많았지만 여기까지 오게 하신 이는 하나님이시니 하나님께 이 영광을 돌립니다.

2001년이 되어 교회에서 다시 기관장 임명이 있었다.

나는 교회학교 총무부장으로 임명을 받았다. 영아부, 유아부, 유치부, 초등 1~6부, 중등 1~3부, 고등 1~3부 모두 15개 기관을 보조하는 총무부 부장으로서 임무를 맡은 것이다. 주일 아침 기도회를 비롯하여 학사 운영과 각 부서의 연간 계획에 따라 하계 수련회를 비롯한 크고 작은 행사의 보조 등 역할이 끝이 없으나 중요한 직분으로 도와주는 김 선생과 힘을 합쳐 올 한 해 하나님의 일을 충실히 감당하고자 한다.

하루는 서울역에서 친구 윤재를 만났다. 서로 집 이야기를 하는 중에 자기는 집이 세 채라는 것이다. 그것도 34평 아파트가 세 채라니 나는 겨우 24평 아파트 하나 마련하는데도 10년이 넘게 걸리고도 이제 내 집이 있어 마음이 좀 놓였는데 그게 아니었다. 친구 윤재를 부러워만 하고 있을 일이 아니라 나도 허리띠를 더 졸라매야겠다.

송파구에서 재건축 중인 문정동 주공아파트가 눈에 들어왔다. 시공사는 삼성물산(건설 부문)이며 '래미안(來美安)'이라는 브랜드가 마음에 들었다. 아파트는 브랜드가 중요하다는 것을 나뿐 아니라 젊은 층 모두가 이미 알고 있었다. 송파동의 송파래미안 시세를 보고 현재 문정동 재건축 아파트를 비교하면 준공 후 시세를 가늠할 수 있어 투자하면 차익을 실현할 수 있을 거 같았다. 그리고 사회적인 분위기가 IMF를 벗어나 집값도 오르기 시작하여 투자만 하면 성공할 것 같았다. 문제는 은행 이자를 비롯한 금융 부담이 있으나 아내의 도움을 좀 받으면 가능할 것 같아 아파트 입주권을 매수하였다. 동·호수 추첨은 아직 하지 않아 추첨만 잘하면 같은 단지 내에서 전망이나 위치에 따라 수천만 원의 차익도 발생할 수 있는 것이다.

선사현대아파트를 담보로 3천만 원을 가지고 조합원 지분을 2억5백만 원에 매입하였다. 이주비 1억8천만 원을 제외하고 2천5백만 원을 지불하고 취득세 등 2천만 원으로 등기를 하니, 전체 2억2천5백만 원으로 4천5백만 원을 투자하여 44평형 입주권을 매입한 것이다. 지금은 '갭투자'라는 말이 성행하나 그때는 그런 말도 없었으니 좀 앞서가기는 했다. 내가 문정주공아파트를 매입하면서 예상한 수익금은 송파래미안을 비교하여 볼 때 이자 세금 등 금융비용을 제외하여도 아파트 준공 후 매도하면 적어도 1억 원은 남을 것으로 예상했다.

아파트 동·호수를 추첨한다고 통지가 왔다. 새벽예배에 가서 기도하기 시작했다. 문정래미안아파트는 모두 31개 동 1,700여 세대

31. 하나님께서 주신 기도의 선물

의 큰 단지로 배치도를 보면 남한산성이 보이는 103동 104동, 105동의 조망이 좋아 보였다. '그래 바로 이거야!' 나는 104동의 10층을 달라고 기도하기 시작했다. 104동 1004호면 더 좋겠다고 스스로 생각하며 웃음을 짓기도 하며 기도하였다. 지금도 그렇지만 그때는 하나님께 기도하면 뭐든지 들어주시리라는 확신이 있었다. 동·호수를 추첨하였더니 104동 11층 11XX호가 당첨되었다. 하나님께서 내 기도를 들으시고 한 층 더 위의 조망이 좋은 곳에 배정하여 주신 것이다. 할렐루야!

작은아들의 중학교 배정을 앞두고 큰아들과 같이 배재중·고교에 다녔으면 좋겠다고 생각하여 6학년 2학기에 묘곡초등학교로 전학하는데 우여곡절이 많았다. 이듬해 배재중학교에 배정을 받아 두 아들이 모두 동창생이 되었다. 교회에 열심히 나가는 큰아들과 달리 작은아들은 교회가 별로 재미없나 보다. 믿음 안에서 살라고 미션스쿨까지 보냈는데 언젠가는 교회 생활 열심히 하는 날이 오리라고 기도하고 있다.

큰아들이 고등학교 1학년에 올라가 외향적인 성격이 되었으면 하고 권한 마술이 재미있는지 늘 마술 이야기를 하더니 고등학교에서 마술부를 창단하였단다. TV에서 이은결, 최현우 등 마술사들이 나와 젊은이들에게 인기가 있고 환호하던 시대였다.

30배, 60배, 100배의 결실

작은아들이 중학교 2학년으로 올라가므로 학교 가까이 이사 가려고 알아보고 있는데 집값이 자꾸 오른다. 우리 집을 2억3천만 원에 팔고 신동아아파트를 5억5천만 원에 매입하여 배재중·고교에 다니는 아들들을 위하여 신동아아파트로 이사했다. 방이 네 개라 장모님을 모시고 같이 살면 좋겠다고 모셔오기로 했다. 장인어른이 돌아가시고 과수원에서 혼자 적적하니 우리와 같이 지내자고 하여 서울로 모신 것이다. 아파트 단지 경로당 어르신들께 장모님을 소개하는 인사를 드리고 과일도 대접하는 등 잘 지내시기를 부탁하였다.

평생 시골에 계셔 도시 생활이 어려우리라 생각은 하여도 3개월을 못 계시고 고향으로 가리라고 생각을 못 하였는데 장모님은 그냥 우리가 어떻게 사는지 보러 오신 것이지 우리와 같이 지내러 오신 것은 아니었다. 아내와 내가 하도 오시라고 성화를 하니 한 번 와본 것뿐이었다. 장모님께 도움을 받은 1,000만 원을 갚고자 하여도 장모님은 그냥 웃으시기만 하시고 과수원으로 내려가셨다. 결국, 평생 부채를 안고 살아가야 하는 것이 자식이라고 생각했다.

아내가 나 몰래 성내동에 성안빌라를 사 두었단다. 아내의 친구로부터 재건축을 시작하니 하나 사 두면 투자가 될 것이라고 하였단다. 1억5천만 원을 준 것이 부담금을 내고 34평 대성아파트가 되었다. 문정동 래미안아파트 44평, 명일동 신동아아파트 40평, 성내동 대성아파트 34평, 친구 윤재와 같이 나도 아파트 3채가 된 것이다.

31. 하나님께서 주신 기도의 선물

강남구청에 근무하다 보니 늘 재건축 업무를 접하고 있어 저절로 알게 되는 것들이 있었다. 영동아파트와 도곡주공아파트의 조합원들이 서로 먼저 재건축 승인을 해달라고 민원을 넣으니 자연히 알게 되는 것이다. 문정동 주공아파트를 매입하여 동·호수 추첨을 하여 수익이 발생하여 자신이 붙은 나는 좀 더 해보고 싶은 욕심이 들었다. 강남의 아파트에 투자하려고 문정동 아파트를 4억4천만 원에 매도하고 받은 계약금 4천만 원으로 강남의 부동산을 찾았다.

도곡주공아파트의 지분율(아파트 호수별 토지 면적)이 많아 도곡주공아파트를 알아보니 예상자금에서 5천만 원이 모자랐다. 도곡주공아파트가 사고 싶어 아내에게 5천만 원을 구할 수 있느냐고 물어도 없다고 하였다. 그때 아내는 5천만 원이 있었으나 내가 하도 여기저기 일을 벌이니 없다고 하였단다. 그때 도곡주공아파트에 투자하였다면 요즘 말하는 똘똘한 한 채가 되었으리라. 투자금이 부족하여 투자 가능한 영동아파트를 2억2천만 원에 계약하고 얼마 뒤 동·호수를 추첨하였으나 내가 원하던 평형을 받지는 못하였다. 그러나 실망의 뒤에는 희망이 있다던가 상대적으로 분담금이 적어 마음이 편하기도 하였다.

올해 초 강동구청으로 다시 발령을 받았다. 강남구청에서 승진을 위하여 근무 평점 '수'를 받아 근무하던 중 다른 곳에서 온 김 주임이 승진하려고 누구에게 부탁하여 강남구청으로 온 것이다. 그와 근무

30배, 60배, 100배의 결실

평정을 다투기 싫어 내가 강동구청으로 오고 말았다. 막상 오고 보니 승진하려고 온 7급이 3명이나 되었다. 여우를 피하려다 호랑이를 만난 꼴이다.

"주여 어찌하오리까?" — 쉬지 말고 기도하여라! —

'새벽 찬양대' 10년 근속 표창을 받았다. 10년 전 시작한 새벽 찬양대가 10년이나 지난 것이다. 세상에서가 아니라 하늘나라에서 표창을 받아야 진짜 표창이 아닐까 그래도 10년을 봉사한 나에게 격려를 한다.

31. 하나님께서 주신 기도의 선물

32. 하나님의 말씀, 성경 암송

새해가 밝아 오랜만에 친구들을 만났다. 금주를 한 것이 10년은 된 거 같은데 또 한잔의 술이 과하여 아내에게 면목이 없어졌다. 미안한 마음에 100일 철야기도를 하겠노라고 약속하였다. 요즘 교회의 여러 문제로 매일 밤 11시 철야기도를 하는데 나도 동참하여 기도하겠다고 약속한 것이다. 하루, 이틀, 사흘이 지나고 열흘이 되니 약속한 것도 희미하여지고 지난한 날들이 계속되었다. 명일동 집에서 교회까지 오면 30분 정도 걸리는데 그냥 다니지 말고 뭔가 말씀을 가까이하며 다니자고 생각하니 기도원에서 로마서 8장을 암송하시던 권사님이 생각났다.

"그래, 나도 성경을 암송하자, 로마서 8장부터!"

성경 암송을 시작하였다. '반지의 보석'이라는 로마서 8장(1~39절)을 암송하였는데 100일 철야기도가 끝이 났다. 그리고 오래전부터 '하나님께서 주신 약속의 말씀'이 생각나 신명기 8장(1~20절)을 암송하였다.

30배, 60배, 100배의 결실

또한, 모두가 좋아하는 "항상 기뻐하라 쉬지 말고 기도하라 범사에 감사하라"는 말씀으로 데살로니가전서 5장(1~28절)을 암송하였다.

교회의 분쟁이 점점 심각하게 진행되어 간다. 누구의 말이 맞고 누구의 말이 아닌지 분별이 되지 않는 것이다. 신문과 방송에서 우리 교회의 뉴스가 많이 나온다. 대한민국의 대형 교회에서 일어난 일이니 많은 관심을 받는 것이다.

"그러면 무엇이냐 외모로 하나 참으로 하나 무슨 방도로 하든지 전파되는 것은 그리스도니 이로써 내가 기뻐하고 또한 기뻐하리라(빌립보서 1:18)"

빌립보서 1장(1~30절)을 암송하였다. 교회의 분쟁 속에서도 전파되는 것은 그리스도니 기뻐하라고 하신 것인가. 주여! 우리 죄를 용서하여 주시옵소서.

작은아들이 배재고등학교에 입학하였다. 고등부 예배에 참석하는 모습이 재미없는 것처럼 하여도 어찌할 수 없어 기도하는 중, "너희 안에서 행하시는 이는 하나님이시니 자기의 기쁘신 뜻을 위하여 너희에게 소원을 두고 행하게 하신다(빌립보서 2:13)"는 말씀에 위로를 받고 빌립보서 2장(1~30절)을 암송하였다.

32. 하나님의 말씀, 성경 암송

2005년 새해가 되어 올해 교회의 기도 제목이 '기쁨'으로 정하여져 빌립보서 3장(1~21절)을 암송하였다. 큰아들은 고3인데 여전히 마술하는 시간이 많다. 대입이 눈앞이라 준비는 어느 정도인지 궁금한 가운데 'K 대학교'의 사회복지학과에 간다고 한다. 그 안에 '레크리에이션' 과정이 있어 마술을 전공할 수 있다는 말이다. 나는 대수롭지 않게 생각하고 좋다고 하였다.

내심으로는 아들이 대학에서 좋아하는 것을 하다가 직업으로 마땅하지 않으면 9급 공무원이라도 시작하면 된다고 생각하였는데 이것이 오산이라는 것은 몇 년이 지난 뒤에야 알 수 있었다. 그리고 결정적으로 잘못한 것은 그렇게 중요한 아들의 진로 방향을 하나님께 기도하지 않고 결정한 것이었다. 또 이렇게 결정한 나의 잘못을 오래도록 회개하여야 하는 것이 나를 힘들게 하였다.

승진을 위하여는 근무평정 '수'를 받아야 하는데 생각대로 되지 않아 낙심하고 있을 때 목사님께서 "사람에게 의지하지 말라"고 주신 말씀을 따라 시편 146편(1~10절)을 암송하였다.

"방백들을 의지하지 말며 도울 힘이 없는 인생도 의지하지 말지니 그 호흡이 끊어지면 흙으로 돌아가서 당일에 그 도모가 소멸하리로다 야곱의 하나님으로 자기 도움 삼으며 여호와 자기 하나님에게 그 소망을 두는 자는 복이 있도다(시편 146:1~10)"

30배, 60배, 100배의 결실

큰아들은 'K 대학교'의 사회복지학과에 입학하여 재미있게 다니고 있다. 머리가 비상하여 공부를 해도 충분히 다른 사람과 경쟁할 수 있을 터인데 마술에 빠져 마술을 하려고 사회복지학과를 갔으니 하나님께서 예비하신 길을 기다려보리라.

"그래, 네 길이 어디에 있든지 하나님께서 능력 주시면 모든 것을 할 수 있느니라"고 아들에게 격려하며 빌립보서 4장(1~23절)을 암송하였다. 이때만 해도 나는 아들의 대학교 진학에 대하여 크게 잘못했다고 생각하지 않았다. 나의 뒤를 이어 공직에 들어갔으면 하고 바랄 뿐이었다. 또 필요하다고 생각하면 공무원이야 언제든 갈 수 있다고 생각하기도 했다.

그러나 내가 그리던 바람은 이 산에 있는데 저 산을 향하여 아들이 가도 대수롭지 않게 생각한 것은 나의 판단 착오인가 하나님의 섭리인가 '하나님께서 지켜주신 큰아들은 복이 있는 사람'이라고 내가 늘 생각하며 한 말씀이 떠올라 "복이 있는 사람은 그 율법을 주야로 묵상하는 자"라는 말씀에 따라 시편 1편(1~6절)을 암송하고, 많은 사람이 암송하고 좋아하는 "여호와는 나의 목자시니 내게 부족함이 없으리로다"는 말씀에 위로를 받으며 시편 23편(1~6절)을 암송하였다.

성동구청으로 발령이 났다. 서울시 전 구청에서 승진에 필요한 근무평정을 받을 수 있는 곳이 오직 여기 한 군데뿐이라 어렵지만 지원을 한 것이다. 그러나 세상사 공짜가 없는 것을 알고 있으면서도 승진을 위하여 발길을 옮긴 것이다. 성동구청에도 승진을 준비하려고 기다리는 강 팀장이 나로 인하여 눈물을 흘린다는 것을 나중에야 깨달았다. 그러나 이미 엎질러진 물이라 돌아갈 수 없어 강 팀장에게 미안한 마음은 정년퇴직을 하는 날까지 오래 계속되었다.

나를 가까이하지 않는 직원들을 사랑하는 마음 주시기를 바라며 고린도전서 13장(1~13절) '사랑장'을 암송하였다. 부활절이 되어 예수님의 부활을 증거 하는 목사님의 설교 말씀에 따라 고린도전서 15장(1~58절) '부활장'을 암송하였다.

강동구 고덕동에서 성동구청이 있는 왕십리까지 모두 40분이 걸리는 출·퇴근 시간은 하나님께서 나에게 허락하신 성경 암송 시간이었다. 지하철을 타면 빈 좌석은 아예 쳐다보지도 않고 출입문에서 눈을 감고 성경을 암송하기 시작한다. 요즘은 '요한1서'를 암송한다. 신학자들은 '요한1서'를 '2세기에 심각한 문제가 되었던 그릇된 영지주의에 경계를 정하고 구원의 확신을 주기 위하여 기록된 것'이라고 한다. 나는 성경이 기록된 배경보다는 '사랑'이라는 말이 서른 번이나 기록되어 너무 좋았기 때문에 '요한1서 4장(1~21절)'을 암송하였다.

성경 암송하는 분량이 13장으로 점점 늘어나 모두 암송하려면 약 한 시간이나 걸린다.

30배, 60배, 100배의 결실

신명기 8장, 시편 1편, 23편, 146편, 로마서 8장, 고린도전서 13장, 15장, 빌립보서 1장, 2장, 3장, 4장, 데살로니가전서 5장, 요한일서 4장 등이다.

성경을 암송하면서 궁금증이 생겼다. 성경의 아주 일부분인 13장을 암송하는 데도 한 시간이 걸리는데, 성경 전체 66권(구약 39권, 신약 27권)을 암송한 사람이 있을까? 지난번 성경 통독을 위하여 일주일 휴가를 내고 기도원에 입소한 적이 있었다. 성경 66권을 읽으려면 식사 시간을 제외하고 온종일 밤늦게까지 읽어도 일주일이 걸리는데 암송을 하면 일주일이 더 걸릴 것이다. 그런데 성경 전체를 암송하는 사람이 있다는 것이다. 그것도 두 명씩이나!

찬송가 364장, 「내 기도하는 이 시간 그때가 가장 즐겁다」 이 찬송 시를 작사한 '윌리엄 월포드(William Walford, 1772~1850)' 목사님은 앞을 보지 못하는 시각장애인으로 영국의 호머든대학 총장을 지내며 많은 찬송 시를 지었으며, 성경 전체를 암송하신 분으로 알려져 있다. 또한, 현재 미국의 캘리포니아주 샤스타성경대학(Shasta Bible College and Graduate School)에서 성경 암송 수업을 진행하는 '톰 메이어(Tom Meyer)'라는 분이 성경 66권 전 권을 암송하여 대학에서 교수로 재직하신다고 한다.

우리나라는 소록도에 가면 '저분도 신약 전 권을 암송하시고 저분도 암송하신다'고 하여 소록도의 한센병 환자들 가운데 신약성경 27권을 암송하는 몇 분이 계시다고 한다.

그분들이 전하는 성경 암송의 비결은 무조건 계속하여 암송하는 방법 외 다른 방법이 없다고 하며, 다만 개인적으로 기억력이 뛰어난 사람이 있을 수 있으나 그것도 계속 암송하는 방법 외에는 왕도가 없을 것이라고 모두가 말하는 것이다.

30배, 60배, 100배의 결실

33. 좋은 밭에 뿌려진 100배의 결실

　　　　　부동산 양도세를 강화한다는 정책이 연일 뉴스를 강타하기 시작하였다. 당시 참여정부 후반기까지 유행했던 '노무현 때문'이라는 유행어가 있었다. 시험을 망치면 노무현 때문이다, 시합에서 지면 노무현 때문이다, 식당에서 밥맛 없으면, 배가 아프면, 부부싸움을 하면, 등산에서 발목을 삐면, 심지어 길 가다 넘어지는 것까지 전부 노무현 때문이라고 조소하던 유행어가 있었다.

　부동산 양도세를 강화한다는 것은 유행어가 아니라 실질적인 정부의 정책으로 노무현 때문이었다. 아파트 3채를 가지고 아내의 사업으로 대출이자를 갚아 가던 중 정부의 정책에 따라 아파트를 모두 부동산에 매물로 내놓았다. 강남구의 아파트가 먼저 팔리고 살고 있던 명일동 아파트가 팔렸다. 우리는 교회 앞 성내동 대성아파트로 이사했다. 고등학교 2학년에 다니고 있는 작은아들에게 미안하였으나 모두 정리하였다. 성내동으로 이사 오니 무엇보다 교회가 가까워 좋았다. 교회까지 길 건너 300m 정도로 자전거로 다니기도 하고 걸어가도 5분이 안 걸린다.

그리고 또 좋은 것이 아침에 헬스 하는 것이 몇 년이 되었는데 헬스장이 가까워 아침 운동시간이 좀 늘어나 정말 좋았다.

아파트를 모두 정리하여 아내의 사무실로 사용할 건물을 구하기로 했다. 기도하는 중에 나에게 명일동이라는 말이 자꾸 떠올랐다. 명일(明日)은 내일이라는 말로 쓰이기도 하고, 승진을 위하여 배운 중국어에서도 보면 명일은 '내일(明天)'이라는 뜻이기도 하다. 건물을 사러 강동구 관내의 이곳저곳 많이 다녔으나 마땅한 건물이 없었다. 아내에게 연락이 온 곳으로 가보니 명일동이었다. 명일동 1번 출구 두 번째 건물로 지은 지 40년이 넘은 지하 1층 지상 3층짜리 아담한 건물이다.

건물을 계약하고 등기서류를 준비하여 내가 직접 등기했다. 취득세를 납부하고 등기를 완료하여 전체 매수한 자금을 정리하니 16억 3,000만 원이 들었다. 1995년 공무원임대아파트 전세금이 1,620만 원으로 100배의 결실을 더 거둔 것이다. 할렐루야! 이런 기적이, 이건 기적이 아니라 하나님께서 하신 약속의 말씀이었다. 단순히 숫자에 의미를 두지 않을 수 있으나 하나님께서 나에게 보여주신 성경의 문자 그대로 백 배의 결실을 거둔 것이라고 믿는다.

하나님께서는 좋은 사람에게 말씀을 뿌리면 그 사람이 말씀을 듣고 받아 100배의 결실을 거두는 자를 좋은 땅이라 보시는 거 같았다.

30배, 60배, 100배의 결실

백 배의 결실은 무엇을 가리키는가?

사회적인 어떤 성취를 가리키는가?

교회적으로 어떤 성취를 가리키는가?

세상의 권력이나 명예를 가리키는가?

그것도 모두 아니라면 하나님 나라에서 결실을 이야기하는 것인가?

성경학자들께서는 마가복음 4장의 '씨 뿌리는 자의 비유'를 두고 여러 해석을 하고 있으나 그 해석을 논외로 치고 우리가 100배의 결실을 거두는 것이 어떤 것이든 좋은 땅은 사람을 가리키는 것이라고 본다. 과연 나는? 우리는? 좋은 땅이라 할 수 있는 사람들인가? 좋은 땅이 되려면 어찌해야 하는가? 좋은 땅이란 무엇인가? 그 모든 의문은 숙제로 하고 하루하루를 믿는 자로서 충실한 삶을 살면 그것이 어떤 것이든지 좋은 땅으로 백 배의 결실을 거둘 것이리라.

아내의 사무실로 사용하고자 명일동 건물을 매입하였는데 사용하기 더 마음에 드는 좋은 곳이 있다고 하여 알아보니 우리 교회 옆에서 짓고 있는 평촌빌딩이었다. 4층의 규모는 89평이라고 하여 명일동 건물의 규모보다 단층으로는 더 넓어 쓰기가 좋다는 이유였다. 그리고 무엇보다 명일동의 건물을 사용하려면 명도를 해야 하는데 명도를 하려면 비용과 그 기간도 만만치 않아 차라리 지금 교회 옆에 짓고 있는 건물에 임차로 들어가서 새로이 출발하는 것이 좋다는 것이다.

33. 좋은 밭에 뿌려진 100배의 결실

이번 일을 보면서, "새옹지마(塞翁之馬)"라는 고사가 생각이 웃음이 나왔다. 세상만사 변화가 많아 어느 것이 화가 되고 어느 것이 복이 될지 예측하기 어려워 재앙도 슬퍼할 게 못 되고, 복도 기뻐할 것이 아니라는 말이 절로 실감이 난다. 그러나 하나님께서 우리를 좋은 밭이라는 표징을 주셨으니 우리가 할 일은 다만 기도할 뿐이라고 믿는다.

처음에 아내가 사업을 시작할 때는 개인 판매를 하다가 성내동에서 조그마한 건물 2층 일부를 임대하여 ○○ 화장품 판매 및 피부관리숍을 운영하던 중 백옥 화장품에서 스카우트 제의가 있어 교회 뒤 풍납동 건물 3층으로 옮겨 운영하였고, 규모가 늘어나 천호동 문구 거리의 건물 3층으로 가서 현재까지 사용 중으로, 이제 사업의 규모는 웬만한 중소기업의 규모다. 영업사원을 교육시키려면 교육장이 있어야 하고 피부관리실 등 확보해야 할 크기가 중요한 것으로, 새로 지은 빌딩의 4층을 임차하여 '백옥생 화장품 지사'로 상호를 변경하고 새로이 사업을 시작하였다.

2008년 4월 1일, 큰아들이 의정부보충대로 군에 입대하였다. 보충대에 도착하니 까까머리의 입영 장정들이 꾸역꾸역 모여들었다. 30여 년 전 내가 입대한다고 고향에 인사드리러 갔을 때 아버님은 오고 싶어도 못 오시고 대문 밖에서 오래오래 손만 흔들고 계셨다. 오늘 나도 아버님, 어머니처럼 아들의 뒷모습을 보며 회한의 눈물을 흘

30배, 60배, 100배의 결실

린다. 그러나 군문이라는 곳이 부모로서 내가 더 이상 도와줄 수 없는 창밖의 세계라 어찌할 수 없어 안타깝다. 입소식을 마치고 대열을 지어 차가운 바람을 맞으며 막사로 돌아가는 아들의 뒷모습을 보고 오는 길목에 진달래꽃 봉우리 한 점이 안쓰럽게 올라오고 있다.

아들은 군문에 들어가 소식을 모르는데 나는 '주사-6급' 승진과 함께 강남구청으로 발령이 났다. 강남구청은 세 번째 근무지로 애증이 있다. 초임 발령에 징계를 먹어 아픔도 있고, 근평을 받으려 옥신각신하던 추억도 있는 강남구청으로 세 번째 발령이 나다니 나와 강남구청과는 어쩔 수 없이 가야 할 운명의 굴레인가 하나님의 섭리인가.

큰아들의 부대에서 전화가 왔다. 송추의 군부대에 파견을 왔는데 다음 주 부대별 장기자랑 대회에 '마술'로 참가하려고 하니 마술도구 상자를 가져오라고 했다. 입대하기 전 마술을 직업으로 삼겠다고 하여 그것만은 들어줄 수 없다고 못을 박았는데 군대에서 마술할 줄이야. 송추에 있는 아들의 부대를 찾아가니 제법 군인 같은 자세가 나온다. 입대한 지 몇 달이 되지 않아 아직 외출도 휴가도 못 왔는데 이렇게 군부대 안에서 얼굴을 보니 대견하고 마술을 배운 것이 어쩌면 다행이라 생각한다.

큰아들이 특별휴가를 나온다고 전화가 왔다. ○○사단 부대별 장기자랑 대회에 참가하여 아직 첫 휴가도 못 나온 이등병이 사단장 포

33. 좋은 밭에 뿌려진 100배의 결실

상 휴가를 나온단다.

큰아들이 자대 배치를 받았다. 육군 ○○부대 포반이라고 한다. 주일날 면회 가려면 집에서 자동차로 30분 정도 걸리는 가까운 거리다. 가양대교를 건너 한국항공대학교 인근으로 서울에서 근무하는 것과 마찬가지다. 아내는 아들 둘을 낳아 기르며 어렸을 때부터 매일 하는 기도가 군대 기도라고 했다. 큰아들의 행동이 느려 윗사람을 잘못 만나면 고생할까 걱정이 되어 기도하였다고 한다. 큰아들이 배치를 받아 가니 주변 사람들이 "부모님이 뭐 하시는 분이냐"고 물었단다. "아버지가 공무원"이라고 하니 고개를 끄덕였다고 한다. 아마 높은 자리에 있는 고위직인 줄 알았으리라. 그만큼 배치를 잘 받았다는 뜻이리라. 이것은 늘 기도한 아내의 기도를 하나님께서 들어주신 것이라 생각한다.

그로부터 큰아들이 제대할 때까지 매월 한 번 면회하였다. 군대 생활은 아무리 편해도 아무리 힘들어도 기다리는 것은 휴가와 면회다. 내가 군대 생활을 하면서 하지 못한 휴가와 면회가 그리워 내가 아들을 낳아 군대를 보내면 한 달에 한 번씩 면회 간다고 굳게 마음을 먹었는데 가까운 거리에 군대 생활을 하니 나의 걱정도 덜었다.

큰아들은 그 후에도 많은 포상을 받아 휴가를 왔다. 여단 장기자랑 대회 여단장 포상 휴가, 81mm 박격포 계산병 주특기대회 1등 2

30배, 60배, 100배의 결실

회, 분대장 교육대 1등 사단장 포상, 사단·여단 장기자랑, 사단장 여단장 포상 휴가 등등 전역 때까지 포상을 휩쓸고 다닌 것이 초등학교 입학하여 상을 휩쓸고 다닌 것과 같이 역시 머리는 비상하다.

어릴 때부터 비상한 머리를 가진 아들을 나만 모르고 지나왔는데, 하나님께서는 분명히 좋은 땅으로 보시고 귀하게 쓰시려 하는가 보다. 이제 후로는 큰아들의 인생이 하나님께서 주신 좋은 땅으로 100배의 결실을 거두기를 기도드린다.

33. 좋은 밭에 뿌려진 100배의 결실

34. 고등학교 6학년, 작은아들

．．．．．．．．．．．．．．．．．．．．．．．．．．．．．

작은아들이 배재고등학교 3학년이 되었다. 큰아들의 영향으로 마술을 한다고 하더니 교장 선생님을 설득하여 다른 동호회에서 사용하던 마술부 교실을 다시 얻어 단원들을 모집한다는 것을 듣고 고3 입시생이 공부는 언제 하려는지 답답하다 했으나 나는 다만 기도할 뿐이다.

'2008년 대학입학시험'에서 '등급제'라는 제도가 새로이 생겼다. 수능 성적은 등급으로만 제공하여 표준점수와 백분위 점수는 수험생조차 알 수 없는 대학입학제도였다. 그러나 그와 별도로 작은아들은 시험성적이 나오자마자 재수(再修)를 선택했다. 기숙학원을 보내달라고 하며 핸드폰을 반납했다. 2008년 1월 3일, 곤지암에 있는 기숙학원을 선택하여 들어갔다. 이제 집의 형편도 좀 나아지고 입시를 준비하는 아들도 하나 남은 막내라 공부한다면 어디라도 보내줄 심산이었는데 재수를 하겠다고 하니 얼씨구나 하고 기숙학원에 등록하였다. 친구 좋아하고 어울리기 좋아하는데 버틸 수 있으려나 나는 반신반의하며 보고 있는데 아내가 한번 믿어보자고 하여 나는 다만 새벽예배에서 빠지지 않고 기도할 뿐이다.

30배, 60배, 100배의 결실

작은아들이 기숙학원에서 휴가를 나왔다. 기숙학원에서 한 달에 3박 4일씩 휴가를 보내주고 있다. 학원 수업은 아침 6시에 일어나 밤 10시까지 정규 수업을 하고 다시 늦게까지 보충 수업을 한다고 한다. 핸드폰은 사용할 수 없고, 무엇보다 공부의 맥이 잡혀가고 있다니 다행이다. 휴가를 보낸 아들을 학원에 데려주고 아내와 돌아오는 길에 그래도 우리가 하나님의 도우심으로 기숙학원을 보내줄 수 있는 처지가 되어 무엇보다 감사하다고 아내의 손을 꼭 잡았다. 처녀 때와 마찬가지로 따뜻하고 부드러운 아내의 손을 잡고 고맙다는 인사를 했다.

　"자기가 없었으면 여기까지 오지 못했을 거야. 우리의 모든 게 당신 덕분이야!"

　나는 아내를 '자기'라고 부른다. 결혼 전부터 부르던 호칭을 그대로 사용하고 있어 다른 호칭보다 편하여 부르는 것이다. 마음에 차지 않는 일이 있을 때는 목소리의 톤이 다를 뿐이지 그때도 '자기~!'라고 부른다. 물론 아내도 '자기'라고 부른다. 다른 사람 앞에서 애정을 과시하려고 하는 게 아니라 우리는 그냥 호칭일 뿐이다.

　2009학년도 대학입학시험에 등급제 수능이 폐지되고 다시 표준점수, 백분위, 등급을 제공하는 것으로 환원되었다. 제도가 바뀌어 여러 가지 방법으로 대학을 간다고 해도 일단 공부를 잘하여야 대학을 갈 수 있다. 대학을 가야 잘 살 수 있는 것은 아니지만 "그래도 대학은 가야지."라는 말도 있지 않은가.

수능시험장에 데려다주고 시험 마치는 시간에 데리러 갔다. 아내와 나는 아들의 눈치만 보고 있다. 부모가 대신 시험을 칠 수도 없으니 어떡하랴. 저녁 뉴스 시간에 올해 수능에 대한 평가가 나온다. 작은아들의 성적이 나왔다. 우리나라에서 손꼽히는 K 대학교 수시에 떨어졌다. 이제 정시로 지원하여야 한다. 정시 배치표를 보고 서울 S 대와 K 대에 지원하였다. 두 학교 모두 합격이다. 서울 S 대에 등록했다. 등록금이 사립대의 20% 정도로 싸다.

며칠을 지나더니 입학을 포기한단다. 다시 재수(三修)를 하겠다는 것이다. 나는 그냥 갔으면 하는데 아내가 아들의 말을 들어주자고 한다. 나는 작은아들에게 직접 학교에 가서 입학포기서를 제출하고 오라고 했다. 책임감을 심어주려고 했는데 가혹했는지 모르겠다. S 대학교 입학포기서를 내고 등록금을 환불받았다.

기숙학원에 다시 등록했다. 삼수(三修)를 시작한 것이다. 우리도 힘들지만 공부하는 아들에 비할 바가 아닐 것이다. 한석봉 어머니가 가래떡을 써는 심정으로 나는 새벽기도 열심히 하겠으니 너는 네 공부 열심히 하고 다시 만나자.

30배, 60배, 100배의 결실

일 년 후, 2009년 수능시험 일정이 발표 났다. 기숙학원에 있으면서 총무도 하는 등 성적이 어느 정도 올라오니 학원에서도 주위 학생들도 아들에게 기대를 많이 하는 것 같아도 시험은 뚜껑을 열어봐야 아는 것이다. 올해 날씨는 작년보다 그다지 춥지 않았다. 수능시험이 끝이 나고 아들의 얼굴이 노랗게 변했다. 시험을 망쳤나? 그게 아니라 시험이 너무 쉬워 변별력이 없어 큰일이라는 것이다. 시험이 쉬우면 잘하거나 못하거나 모두가 피해를 본다는 것이다. 서울에 있는 K 대학교는 떨어지고 H 대학교 합격이 되었으나 아들의 마음에 차지 않는 모양이다. 올해는 대학교에 꼭 들어가야 하는데….

2010년 1월, 작은아들이 사수(四修)를 선택했다. 나는 사수하는 것이 문제가 아니라 자신감을 잃어버릴까 더 걱정하였다. 기숙학원은 가지 않고 서초동의 ○○학원으로 갔다. ○○학원은 재수생만 받는데 수능 성적순으로 재수생을 받는 학원으로 유명하다. 그래서 'SKY반'이 따로 있는 것이다. 아들은 사수생(四修生)이라 '제2 대성학원'에 갔다. 사수생이다 보니 좌석 배치도 대우를 해주고 선생님들도 수업 내용에 관심을 기울이고 있다고 한다. 월말고사를 치니 성적도 많이 나오고 선생님들의 평가도 좋아지고 있어 다행이다.

2010년 11월 17일 수요일. 작은아들 대입 수학능력 시험 전날이다. 평소와 같이 새벽예배를 참석하여 성경 본문 말씀을 읽었다. 하나님의 말씀은 열왕기상 4장(1~34절)이었다. "하나님이 솔로몬에게 지혜와

총명을 많이 주시고 또 넓은 마음을 주시되 바닷가의 모래같이 하시니 솔로몬의 지혜가 동양 모든 사람의 지혜와 애굽의 모든 지혜보다 뛰어난지라(4:29~30)" 하셨다. 성경 구약 39권 929장, 신약 27권 260장, 전체 66권 1,189장 중 매일 드리는 새벽예배에 1장씩 본문을 정하여 설교 진도를 나가면 약 3년 10개월(주일은 새벽예배가 없어 제외)에 성경 전체를 읽는 것이다. 그런데 어찌 작은아들의 시험 전날 1,189장 중 이 말씀을 주신다는 말인가. 이것은 하나님께서 작은아들에게 주신 응답이었다. 새벽예배를 마치고 집으로 와 아내에게 오늘 말씀을 읽어주었다. 아내 역시 뛸 듯이 기뻐하면서도 조용히 하자고 한다.

다음 날, 대입 수학능력 시험일이 되었다. 아들을 데려다주고 사무실로 갔다. 일이 손에 잡히지 않는다. 올해 안 되면 오수(五修)를 할 것인가. 하나님께서 나를 통하여 주신 약속의 말씀이 있었으나 자꾸만 의심이 드는 건 어쩔 수 없다. 오후 6시 수능시험이 끝나고 아들을 데리고 집으로 왔다. 아내와 나, 아들 셋이 타고 오는 차 안은 적막이 흐른다. 나도, 아내도, 아들도 아무 말 없이 집으로 왔다. 아들이 가채점 결과를 가지고 방에서 나오더니 "만점 먹어 신문사에서 취재 나오면 어떻게 하느냐"고 웃는다. 사수생(四修生)이 만점이면 취재 나오고도 남겠다. '이제 대입 걱정은 다하였나?' 하며 그동안 애쓰고 힘쓴 아들을 힘껏 안아주었다.

"아들아! 고등학교 6년 다니느라 정말 수고했다!"

30배, 60배, 100배의 결실

너의 앞길에 아무리 힘든 시험이 와도 이제는 이것보다 더 지독한 시험은 없을 것이고 모두 이길 수 있을 것이다. 작은아들에게 파이팅을 외치며 격려하는 나의 눈에 맺히는 것은 슬픈 눈물이 아니었다. 포기하지 않고 3년을 견뎌준 아들과 하나님께 드리는 감사의 눈물이었다.

정시 배치표를 펼쳤다. 만점은 아니나 어느 대학이라도 원서를 넣을 수 있는 전 과목 1등급의 행복한 성적이었다. 아들은 문과라 갈 곳이 딱 정해져 있었다. 그동안 가고 싶었던 K 대학교 사범대학과 서울교육대학교(영어교육과)를 두고 고심 끝에 서울교대에 가기로 하였다. 그 결정의 가운데는 교사의 꿈을 가졌던 나의 희망도 포함되었을 것이다. 그러나 그 후에도 종종 다른 곳으로 방향을 정하였으면 어땠을까 하고 미련을 가졌으나 교사의 사명과 보람에 대하여 다시 나를 안심시키는 것은 아들이었다.

"그래, 예수님도 최고의 스승이셨으니 너도 예수님을 닮아가는 훌륭한 스승이 되기를 날마다 기도하마!"

작은아들은 서울교대 영어교육과에 장학생으로 입학하여 학교생활을 만끽하고 있다. 그리고 대학교에 들어가자마자 연극과 과외를 시작하였다. 아들이 재수하면서 공부한 입시 영어는 누구에게 뒤지지 않으니 ○○학원 영어 선생이 자신 있게 추천하는 것이 아니겠는

가. 덕분에 용돈을 달라고 하지 않아 오래 투자한 보람이 있다고 아내와 같이 웃으며 위안으로 삼는다.

또 연극은 배우로 무대에서 활동하더니 요즈음은 희곡을 써서 무대에 올리기도 한다. 재주가 많은 '자랑스러운 아들'이다.

30배, 60배, 100배의 결실

35. 하나님과 함께하는 삶의 길목에서

오늘 아침 한국섬선교회로부터 '은사'에 대한 영상물이 메일로 배달되었다. 하나님께서 우리에게 주신 여러 가지 은사가 있을 텐데 어떤 은사든지 교회와 이웃에게 유익한 은사가 되어야 한다고 한다. 나는 나에게 주어진 '은사'가 어떤 것인지 과연 유익하게 사용되는가를 생각할 때 나의 은사는 '찬양'이라고 생각한다. 주님께서 "호흡(생명)이 있는 날까지 찬양하라"고 하셨으니 '새벽 찬양대'를 은사로 생각하여 내 비록 성악을 전공하지는 않아도 예배를 돕는 예배자로서 호흡이 있는 날까지 찬양하겠다고 다짐한다.

2013년 여름이 되었다. 몇 년 전 이탈리아 갔을 때 너무 좋아 다시 오고 싶어서, 트레비분수를 등지고 오른손의 동전을 왼쪽 어깨 너머로 던졌다. 다시 가고 싶은 나의 소원은 아직 이루어지지 않았는데 작은아들이 이번 여름방학에 이탈리아 부잣집에 과외를 하러 간단다. 그 집의 안주인이 한국인이라 아들들에게 어머니의 고국인 한국을 알려주려고 서울교대의 교수님께 추천을 의뢰하여 작은아들이 가기로 했단다.

이탈리아가 옆집도 아니고 유학이나 해외여행을 가는 사람은 보아도 과외를 한다는 말은 처음 들었다. 내가 그 아이를 '자랑스러운 아들'이라고 명명했더니 자랑할 것이 많은가 하고 생각하니 나 역시 아들 팔불출인가 보다.

2013년 6월 장모님이 소천하셨다.

우리 부부의 양가 부모 네 분 중 한 분 남으신 장모님이 소천하신 것이다. 생전에 용돈을 보내면서 통장에 찍히는 글에 "어머님 사랑합니다", "건강하여 감사합니다", "감기 조심하십시오", "더위 조심하십시오" 등 용돈과 함께 재미있는 글귀를 보내면 통장에 찍히는 그 글귀를 보려고 일부러 농협에 가신다고 좋아하신 기억도 있으나 부족한 백년손님을 따뜻하게 보시고 늘 동네 자랑을 일삼으신 장모님.

"더 많이 찾아뵙고 더 많이 효도하지 못했음을 송구하게 생각하며 영원한 하늘나라에서 평안한 복락을 누리십시오."

누님의 아들 은락이가 추석이 지나고 소식을 전해왔다. 내 친구 종민이 운영하는 현대자동차 협력회사에 들어가 근무하는데 안부 소식을 전해온 것이다. 누나에게 내가 손가락 다쳤다는 이야기를 들은 모양이다.

30배, 60배, 100배의 결실

"삼촌은 추석 잘 보내셨습니까? 손가락은 어쩌다가 다쳤습니까? 빨리 나으시길 바랍니다. 오늘 엄마가 당뇨에 좋다고 서울에 상황버섯을 보내시더라구요. 삼촌 생각을 많이 하나 봅니다. 항상 건강 잘 챙기시고 다음에 뵙겠습니다."

은락이는 어릴 때부터 운동을 좋아하였다. 그래서 대학교도 체육학과에 들어가 공부하고 졸업하여 체육 분야에 종사하다가 우연히 내 친구 종민이 회사에 사람이 필요하다고 하여 추천했더니 채용되었다. 내 조카면 본인 조카도 된다고 하며 일순위로 데려가 잘 근무하고 있단다. 참 고마운 친구고 여러 가지로 인연이 깊다. 서울에 오면 저녁이라도 근사하게 대접을 해야겠다.

연말이 되었다. 주일 저녁 찬양대 헌신예배를 드리는데 '찬양대' 20년 근속상을 받는다. 하나님께서 큰아들을 통하여 세상 재미에 빠진 나를 구하신 날부터 시작한 새벽 찬양대로 20년을 봉사한 것이다. 이 역시 하나님의 은혜요, 축복이다. 내 가슴에 새겨진 주홍글씨 'A'자는 아직 남아 선명한데 나는 언제나 주홍글씨의 여주인공 '헤스터 프린'처럼 저주의 글씨에서 Able(유능함)의 'A'자로 심지어 Anger(천사)의 'A'자로 승화되어 갈 것인지 나의 마지막 숙제요, 고민이다.

공직생활 30년 근무한 선물로 '장기 재직 특별휴가'를 받아 오랫동안 꿈꾸던 동유럽 여행을 가기로 했다. 여행을 계획하며 지도를 펴고 경유지를 보니 벌써 마음은 '프라하'에 있다. 독일, 체코, 폴란드, 슬로바키아, 헝가리, 오스트리아 등 6개국 10일(2014. 9. 17.~9. 27.) 잘 다녀왔다. 50여 년 전 중학교 역사 교과서 사진에서 본 그림 같은 교회당이 오스트리아 할슈타트의 루터교회였다. 1785년 기도의 집으로 처음 세워져 1863년 루터교회로 새로이 건축하였다고 한다. 동유럽 여행자들은 오스트리아 할슈타트를 꼭 들러보도록 추천하고 싶다.

오랜만에 초등학교 졸업 앨범을 꺼냈다. 나의 초등학교 시절을 보면 똘망똘망하다. 사진 아래 '이원형'이라고 이름이 쓰여있다. 사진을 스캔하여 페이스북에 올렸더니, 새벽 찬양대를 같이하며 페이스북 친구인 박 집사 왈, "이름 안 써도 이원형 같아요."

올해는 연초부터 등산에 매진할 생각으로 운길산에 올랐다. 오후 12시 20분에 출발하여 운길산, 적갑산을 돌아 16시 30분 예봉산 정상에서 잠시 쉬었다가 하산하니 17시 40분이다. 총 소요시간 5시간 20분, 올해 초부터 모두 사절하고 산에 올랐더니 체력이 좀 회복된 듯하다. 2000년부터 등산을 시작하여 2004년인가는 일 년에 국립공원 14곳 전체를 종주하리라 마음먹고 한라산과 월출산 두 곳을 제외하고 12개 국립공원을 종주한 기억이 있다. 그때는 참 열심히 산을 다녔는데 그 덕분에 처음 생긴 KTX를 타고 계룡산을 종주한 적도 있다. 다음 달에는 운장산 산행을 한다는 산악회 총무의 광고를 들었다.

오사카 벚꽃을 구경하려 일본 여행을 갔다. 벚꽃 시즌을 맞춰갔는데도 아직 덜 피었다. 그래도 벚꽃으로 유명한 오사카성의 이른 벚꽃을 찾아 사진을 찍으며 이국의 풍경을 감상한다. 아내는 임진왜란과 일제강점기의 위안부 이야기를 한다. 나도 극일운동을 이야기하며 우리가 힘을 가져야 과거와 같이 침략을 당하지 않는다는 말로 서로를 위로하였다.

가을이 되어 설악산을 찾았다. 봄부터 열심히 산을 찾아 이번에는 새벽 찬양대의 안 집사, 박 집사와 같이 무박으로 설악산 공룡능선 종주를 하기로 한 것이다.

2016년 10월 14일 금요일 새벽 3시, 설악산 소공원에서 산행을 시작하여 와선대, 비선대를 지나 금강굴을 통과하여 아침 8시에 일출과 함께 마등령에 올랐다. 박 집사가 조금 전부터 쥐(근육통)가 난다고 호소하더니 양쪽 무릎 위가 부어오르기 시작한다. 통증 완화제와 압박붕대로 싸매고 내려갈 것인가 산행을 계속할 것인가를 의논하였다. 설악산 공룡능선은 처음이기도 하고 오랫동안 준비한 산행이라 포기할 수 없어 강행하기로 하고 마등령을 넘어 나한봉을 바라보고 진격을 했다.

35. 하나님과 함께하는 삶의 길목에서

공룡의 등뼈 같은 공룡능선의 수려함과 위용에 잠시나마 할 말을 잊고 바라보는 가운데 걸음은 서서히 처지기 시작하였지만 1,275봉과 범봉으로 이어지는 천화대의 장관은 잠시나마 통증을 잊게 하는 생명수와 같았다. 드디어 신선대를 지나 아스라이 보이는 희운각 대피소는 지친 다리에 힘을 내게 하였다. 희운각에 도착하여 잠시 휴식을 취하고 천불동을 향하여 마지막 힘을 다하니 저녁 7시 15분 소공원에 도착하여 긴 시간의 설악산 공룡능선코스 종주를 마쳤다.

20여 년 동안 아내의 전부였던 화장품 사업을 종료하였다. 그동안 수고하신 아내에게 감사와 함께 위로의 말을 건네고 이제 좀 자기만의 시간을 가지라고 격려하나 잠시라도 가만히 있지 못하는 아내의 성격을 생각하면 공염불이 될 수도 있겠다고 생각한다.

필리핀 여행을 떠났다. 아내와 둘이 필리핀 마닐라에 도착하니 가이드가 우리를 마중한다. 대형 버스에 우리 두 사람과 한국인 가이드와 운전기사 넷이 전부다. 3박 4일 일정으로 왔는데 다른 여행객들은 태풍 예보가 있어 한국에서 출발하지 못했다고 한다. 저녁에 호텔에 오니 아내가 몸살이 날 것 같다고 한다. 우리 두 사람을 인신매매 할까 봐 온몸에 힘이 들어가 그렇단다. 다음 날 온다던 여행객들이 태풍의 영향으로 모두 취소하고 우리 두 사람이 여행객 전부가 되었다. 나도 아내의 심정은 이해가 되었으나 여행을 왔으니 즐겁게 보내자고 아내를 위로한다.

30배, 60배, 100배의 결실

필리핀은 7,107개의 섬으로 이뤄진 군도국가라고 한다. 마닐라 시내는 초고층빌딩이 즐비하고 빌딩 뒤로는 빈민촌이 아직도 그대로 있어 빈부격차를 그대로 보여주고 있다. 시내를 벗어나면 수상가옥이 바다 위에 떠있고, 아이들은 보통 5~6명을 낳아 기른단다. 시내버스는 언제 올지 모르고 차가 와도 만원이라 타기도 어려울 것 같다. 오토바이 뒤에 좌우로 사람이 탈 수 있도록 좌석을 매달고 다닌다. 카지노가 우리나라의 편의점 정도로 많다. 마약과 총기류도 어렵지 않게 구할 수 있다고 한다. 태풍 예보로 멀리 갈 수는 없어 가까운 여행지를 다니며 한나절은 마사지숍에서 시간을 보냈다. 3박 4일을 마치며 대형 버스로 두 사람만 다니는 여행은 앞으로 가기 어려울 것 같다고 아내와 웃었다. 아내는 인신매매 당할까 봐 가슴 졸인 생각에 지금도 오싹하다고 한다.

명일동 건물을 매각하였다. 십여 년을 보유하면서 오래된 건물이라 유지보수 비용도 만만치 않게 들어가 매각은 하였으나 우리에게 많은 수익을 올려주기도 하였고, 종래에는 투자금 외 상당한 수익을 남기는 좋은 투자처였다. 매각 대금으로 올림픽공원을 정원과 같이 사용하는 아파트를 매수하여 매일 운동하는 아내의 행복한 모습을 보아 즐겁다.

아내가 분양시장에 뛰어들었다. 빌라 한 동을 지으면 위치가 안 좋은 곳의 1~2개는 오랫동안 분양이 되지 않는다. 그런 것을 모아 자

35. 하나님과 함께하는 삶의 길목에서

기만의 방법으로 분양을 하는 것이다. 미분양 빌라 한 세대를 분양하면 엄청난 수수료로 받을 수 있으니 화장품 판매와 비교하여 많은 수익이 나는 것이다. 거기에 매료된 아내의 영업력이 발휘되어 수십 세대의 빌라를 분양한 것이다.

그러기를 얼마 후 광진구에 땅을 매입하였다. 100여 평 되는 토지를 매입하여 자신이 직접 빌라를 짓겠다는 것이다. 부동산 개발사업을 하기 위하여 자신의 고향에 있는 정자 '동연정'의 이름을 딴 '동인개발'로 상호를 정하고 평생 종사하던 화장품 도·소매업에서 부동산 개발사업으로 전환한 것이다. 화장품 사업을 하면서도 자신만의 영업방식을 교육하는 자리에서는 전국의 내로라하는 지점장들과 본사의 회장과 임원들이 있어도 조금도 위축되지 않고 자신의 영업방식을 발표하고 자부심을 가지는 사람이다.

내가 제주도를 비롯하여 전국의 여기저기 여러 번 워크숍을 같이 다녀보아도 영업만큼은 누구에게도 뒤지지 않을 자신만의 영업철학을 가진 철학자이기도 하다. 그러니 매년 말 발표되는 영업실적에서 십수 년 동안 'Top 10'에 들어가 해외여행을 무상으로 다니고, 일생에 한 번뿐인 '신인상'으로 명품 손목시계를 부상으로 받기도 하였다.

2018년 2월이 되어 평창동계올림픽 개막식에 참가하였다. 아내와 같이 MM은행의 VIP 고객이 되어 개막식에 참가한 것이다. 계절이

동절기라 추위를 예상했지만, 목도리와 모자와 장갑, 방석까지 준비하여 다 사용하지 않아도 추위를 느끼지 못하겠다. 입장권 A석은 상당한 금액을 호가하는 최고의 로열석으로 선수들이 경기하는 빙판에서 네 번째 자리로 초대하여 준 MM은행에 감사를 드린다.

평창동계올림픽의 개막식은 '평화의 땅'이라는 이름과 함께 하늘과 땅이 맞닿은 곳 평창에서 벌어지는 눈과 얼음, 동계 스포츠 스타와 지구촌 사람들의 어울림 등 모두에게 열려있는 세상을 의미한다는 공연을 함께 즐기게 되었다.

드디어, 아내가 처음 건축한 '동인글로리'를 준공하였다. 분양도 끝이 나고 1층의 상가도 임대가 완료되어 첫 부동산개발 사업에 성공적으로 데뷔하였다. '동인글로리'는 '동인개발'의 '동인'과 '하나님께 영광'이라는 '글로리(Glory)'를 꼭 붙이고 싶다고 아내가 지은 건물 이름이다. 아내는 장모님을 닮아 여장부다. 여러모로 대단하면서도 여자의 품위를 잃지 않는다.

그 후에도 몇 곳의 건축사업으로 더 큰 세계로 뛰어들어 부동산개발 사업에 진행중이다. 하나님의 지혜와 도우심으로 어려운 일들이 하나 하나 해결되어 그 위용을 드러내는 날이 올 것으로 믿고 기도한다.

35. 하나님과 함께하는 삶의 길목에서

36. 공무원 임용과 공무원 퇴직

작은아들의 임용고사일이 다가왔다. 대학교 입학하여 1, 2학년 때는 연극단 '빈도'의 단원으로 연기·연출을 하고 남는 시간은 과외로 학교 공부를 멀리하는 것 같더니 3학년 때는 동아리 회장으로 학교 축제를 맡아 또 한 해를 보내고 4학년에 들어서 임용고사를 준비하길래 내심 또 재수(再修)하냐고 걱정이 되었으나 이제는 자신이 알아서 하니 두고 보라는 아내의 말에 전전긍긍하다가 오늘 임용고사장에 같이 왔다. 시험을 마치고 나온 아들과 친구들을 데리고 교대 앞에서 저녁을 먹이고 왔다. 1차에 합격하고 2차, 3차 시험을 거쳐 2015년 2월이 되어 최종합격자 명단에 들었다.

"주님, 감사합니다. 오랫동안 제가 기대하던 교사의 길을 작은아들이 대신 가고 있습니다. 최고의 스승이신 예수 그리스도를 닮아가는 최고의 교사가 되게 하여 주시옵소서"

봄의 소식이 들려올 때 작은아들의 초임 발령이 났다. 아직 군대를 다녀오지 않아도 임용 후 서서히 군대를 준비하면 된다고 하더니 자신이 다니던 강동구 암사동 신암초등학교에 발령이 났다. 나의 뒤를

30배, 60배, 100배의 결실

따라 공무원으로 임용이 된 것이다.

작은아들은 공무원에 임용되어 시작하는데, 정년이 되어가는 나의 마지막 승진서열 발표가 났다. 지난번에 승진서열 2번이었는데 마지막 가점에서 뒤져 3번이 되었다. 사무관 자리는 단 두 자리, 정년은 다가오는데 서열 3위니 어렵게 되어 몸과 마음을 정리하기 위하여 제주도로 떠났다. 공무원 정년이 2년도 남지 않았는데도 승진하려고 마지막까지 희망의 끈을 잡고 있었던 내 욕심을 버리고 다시 새로운 출발을 위하여 여행을 떠난 것이다.

아내와 늘 같이 오던 제주도 여행을 혼자 오니 적막한 강산이다. 한라산 영실 구간을 올랐다. 영실 구간은 백록담을 오르지 못하는 코스인 줄 알면서도 올랐다. 볕이 내리쬐는 여름의 길목에 비 오듯 흐르는 땀을 벗 삼아 오르고 또 올랐다. 병풍바위를 지나 영실 구간의 정상 남벽 분기점에 도착하여 남벽을 바라보니 그 너머에 백록담이 있는 것은 알아도 입산 통제가 되어 가지 못하는 나의 처지와 비슷하다. 사무관 모는 저기 있는데 내 손이 닿지 못하는구나.

이튿날 마라도행 배를 탔다. 마라도는 대한민국 최남단이라는 기념비가 있다. 사람이 살 수 있는 우리나라 최남단에 있는 섬이라고 하는 게 맞겠다. 이어도가 최남단이나 암초로 썰물 때도 잘 보이지 않아 국제적으로 공인받지 못하여 마라도를 최남단이라고 한다. 마라도는 억새 풀이 넓게 펼쳐져 있는 아름다운 섬이다. 여름의 길목에 초록의 물결이 넘실대고 가을에는 억새 축제를 할 정도로 유명한 곳이다. 마라도교회를 둘러보았다.

주민 전체가 100명이 되지 않는다고 하니 교인이 어느 정도인지 알 수 없으나 교회 입구에 순교자 기념비가 있다. 주기철 목사님, 손양원 목사님, 배형규 목사님 세 분의 이름이 새겨진 기념비에는 "이분들의 순교로 한국 교회가 빛이 난다"고 새겨져 있다. 마라도가 있는 한, 아니 대한민국이 있는 한 이분들의 숭고한 뜻은 오래도록 남아 있을 것이며, 영원한 하늘나라에서 하나님에게 금 면류관을 받으셨을 것이다.

2018년 7월 승진 발표가 났다. 내가 '사무관' 승진을 했다!

1987년 7월 1일. 9급 공무원 임용을 하여 만 31년 만에 5급 공무원이 된 것이다. 집안의 영광이고, 나의 영광이다. 내가 사무관 승진한 것을 보았으면 우리 장인어른께서 제일 좋아하셨을 것이다. 장인어른의 권유로 공무원을 시작하여 살아생전 '사무관' 승진을 보지 못하셨으나 하늘나라에서 보시고 기뻐하셨으리라.

아내와 같이 서울시청 앞에서 임용장을 들고 사진을 찍었다. 아내도 이제 사업을 하면서 남편을 소개할 때, 어느 구청 과장으로 소개

30배, 60배, 100배의 결실

할 수 있어 가슴 뿌듯하단다. 승진하기 전에는 '계장 아내'라고 뒷담화를 하던 사람들을 보고 자존심이 상할 때도 있었는데 이제는 그런 소리를 안 들을 거 같다고 너무 좋아한다. 이번 승진으로 아내에게도 남편의 역할을 한 것 같아 기쁘다. 내가 포기하지 않고 끝까지 희망을 가지니 하나님께서 나의 기도를 들어주신 것이다.

승진 발표가 나자마자 사무관 승진 교육을 들어갔다. 서울시 전체 약 150명 정도 되는 '사무관 승진자'들이 한 달간 받는 교육이다. 인성교육과 직무교육 등 사무관 교육을 받는 승진자들은 나이가 젊어 패기 있는 승진자들도 있고 나처럼 나이가 있는 승진자들도 있으나 기쁜 것은 하나같을 것이다. 사무관은 과거 고등고시, 행정고시, 기술고시 등 고시 합격을 한 사람의 직급이기도 하고, '관' 자가 처음 붙는 직급이다 보니 공무원의 시작이라는 말도 있다.

조선 시대 같으면 경북궁이나 덕수궁의 품계석 '정5품' 자리에 설 수 있는 직급이며, 말을 탈 수 있는 벼슬이라고 한다.

2019년 1월 서울시 동대문구청 부동산정보과장으로 발령이 났다. 공직생활 남은 기간을 여기서 마무리하는 것이다.

공무원 퇴직을 앞두고 공인중개사 시험을 준비하였다. 업무에 지장이 있었으나 직원들이 많이 도와주었다. 매일 야간부 학원에 다니며 열심히 한 준비가 헛되지 않아 공인중개사 시험에 합격했다. 드디어 인생 2모작 출발 준비를 완성한 것이다.

연말이 되고 오지 않을 것 같던 '2019년 12월 31일'. 만 60세로 공무원 정년퇴직을 하였다. 아내와 아들들이 참석한 퇴임식에서 공로패도 받고, 분에 넘치는 직원들의 황금열쇠도 받았다. 기대하지도 않았던 대통령으로부터 '녹조근정훈장'도 받았다. 30년이 넘는 시간 동안 도와주신 하나님의 은혜요, 축복이었다.

지난해부터 시작된 '코로나바이러스'로 온 나라가 심상치 않더니 해가 바뀌어 전 세계가 뒤숭숭하다. 그 와중에 2020년 2월, 30년이 넘게 몸을 담았던 공직을 떠나 '약속부동산'이라는 상호의 공인중개사로 새로운 일을 시작하였다. 직장생활과 다른 출근길에서 보는 풍경은 봄이 오는 길목이어도 좀 더 자유로운 느낌으로 다가온다. 매화나무, 벚나무, 버드나무, 철쭉과 쑥과 맨드라미 토끼풀 등 저마다 잎사귀와 꽃망울을 드러내며 봄이 오기를 기다리고, 성격 급한 매화는 벌써 꽃망울을 터뜨리며 어서 나를 따르라고 손짓하는 것이다.

겨우내 차가운 바람과 코로나가 기승을 부려도 따뜻하고 아름다운 봄을 막지는 못하는 듯하다. 이 봄이 가기 전에 마스크를 벗고 마음껏 봄을 노래하기를 기도드리며 출근길을 나선다.

30배, 60배, 100배의 결실

37. 큰아들과 큰며느리

2010년 2월 19일, 큰아들이 전역하였을 때 야전상의에 '능구렁이'라고 새겨진 상의를 가져왔다. 얼마나 속이 깊으면 '능구렁이'라고 별명을 지었을까? 내가 생각해도 누가 잘 지은 별명이라고 생각한다. 큰아들이 제대하여 진로에 대하여 의논을 했다. '공무원을 하면 어떠냐'는 나의 뜻에 따라 공무원 시험을 준비하러 신림동 학원가로 들어간 것이다.

그렇게 시작한 공무원 시험은 2010년, 2011년, 2012년 공무원 시험을 마지막으로 자기가 하고 싶은 일을 한다고 돌아섰다. 그래, 내가 너무 붙잡고 있었나 보다. 너의 길이 어디에 있는지 모르나 '하나님께서 너의 길을 예비하셨으리라'.

큰아들이 'AA스크린 영화사'에 들어갔다. 가락시장의 청과물 도매 일을 하다가 영화배급회사에 들어간 것이다. 영화사에서는 이미 면접 본 사람이 있었으나 아내가 회사 대표의 부인과 친분이 있어 우선 입사한 것이다. 영화배급회사의 월급은 둘째치고 사무실이 대치동이라 집에서 가깝고 낮에 근무하여 가락시장일보다 시간이 좋고 영화를 수입하여 시사회를 하는 일과 광고 포스터 디자인 등 자신의 적성에도 잘 맞는 일이라는 것이다.

영화사에 입사한 지 얼마 후 대표의 아들인 상무와도 친하게 지낸다니 듣기가 좋다. 특히 나이도 비슷한 연배라 영화 광고의 회의 방향도 젊은이끼리 잘 통하여 재미있다고 한다. 다만 좀 꺼려지는 것은 영화의 내용이 선정적이거나 폭력적인 영화를 관객들에게 보라고 홍보하여야 하는 점이 기독교인의 신앙 양심상 마음에 걸린다는 것이다. 그래도 잘 적응하기를 바라며 하나님께서 그것도 딛고 넘어서기를 기도한다.

큰아들을 '믿음직한 아들'이라 명명했다. 어릴 때부터 큰아들은 뭔가 믿음직스러웠다. 장남이라 그런가 보다 해도 그것보다 큰아들은 상당히 신중한 성격이다. 말을 해도 바로 하는 법이 없고 행동을 해도 신중하다. 실수를 잘하지 않는 것이다. 어릴 때 보면 방안의 물그릇을 만질 때도 조심조심하여 만지는데 작은아들은 덥석 잡아 물을 쏟는 경우가 많았다. 큰아들이 가락시장의 일을 넘어 영화사의 일을 하든지 아니면 다른 직장을 구하던지 자기의 성격과 같이 내가 명명한 이름대로 믿음직한 일을 하는 하나님의 귀한 사람이 될 것이다.

봄이 완연한 3월에 큰아들이 배우자감을 데려왔다. 성은 이(李) 씨로 큰아들과 '○○교회'에 같이 다닌다고 한다. 아버지와 어머니, 친조

30배, 60배, 100배의 결실

부모님과 외조부모님을 모시고 사는 다복한 가정의 맏이다. 아래는 미혼인 여동생이 있다고 한다.

일식집 긴자의 조용한 방으로 들어온 며느릿감은 키도 163cm가 넘는 제법 크고 갸름한 얼굴의 지적인 큰 눈에 총기가 흐르고 조용하고 침착한 성격의 소유자 같아 맏며느릿감으로 훌륭하다. 옛말에 아이 얼굴을 보고 이름을 지으라는 말이 있듯이 우리 나이 정도 되면 얼굴과 외형을 보면 그 사람을 거의 알 수가 있다. 아내를 보니 며느릿감의 첫인상이 마음에 딱 드는 모양이다. 아내도 마음에 들었지만 내가 더 마음에 드는 이유는 처음 만나는 자리임에도 오래전에 만난 것같이 친숙한 이미지와 말하는 언변도 침착하고, 큰아들과 똑닮은 우리 며느릿감이다. 양친이 건강하게 계시고 다복한 가정의 규수로 공기업에 다니는 재원이니 누가 마다할 수 있으랴.

큰아들도 믿음이 좋고 키가 183cm에 인물도 어디에 빠지지 않고 직업은 영화사에서 나와 대한민국 글로벌 NGO 국내단체에 들어가 아동심리 상담을 하고 있다. 상담 업무는 영화사보다 양심에도 떳떳하고 자신의 신앙관에도 맞는 봉사단체로 며느릿감의 직업과도 통하고 외모와 말하는 특성과 성격 등 잘 어울리는 한 쌍이다.

여름이 오기 전에 워커힐호텔의 한식당 '온달'에서 상견례로 마주 앉아 양가 인사를 나누었다. 사돈댁은 어르신들을 모시는 맏이 댁이었다. 며느리도 사돈댁 일가친척의 맏이로서 많은 관심을 받는 혼사가 되리라 생각한다. 바깥사돈은 국영기업체에서 평생을 일하시고 은퇴를 하여 소일을 하신다고 하였다. 안사돈은 조용하신 성품인 것 같다. 따뜻한 대화가 이어지고 올해 양력으로 9월 26일 토요일로 혼사를 정하였다. 살림집은 며느리와 아들의 직장 가운데 정도인 분당에서 정하기로 하였다.

2020년 9월 26일 토요일. 큰아들의 혼례일이 다가왔다. 강남구 역삼동 '마리드블랑(순백의 결혼)'에서 결혼식을 올렸다. 며느리의 외조모님이 다니시는 교회의 목사님을 주례로 모시고 아름다운 순백의 결혼식을 성대하게 치렀다. 코로나로 인하여 하객들이 없을 줄 알았더니 양가가 모두 개혼(開婚, 첫 혼사)이다 보니 하객들이 많이 와서 축하해 주어 감사를 드린다.

"큰아들과 큰며느리, 너희들의 결혼을 진심으로 축하합니다!"

2020년 12월 24일, 크리스마스이브를 맞이하여 며느리가 오고 첫 크리스마스라 산타클로스처럼 아들 집에 갔다가 아들의 퇴근 시간도 늦고 며느리와도 길이 어긋나는 바람에 공친 산타클로스 할아버지가 되어 작은 쪽지 하나를 남겨두고 자리를 일어선다.

"Merry Christmas & Happy New Year 2021"

30배, 60배, 100배의 결실

새해가 밝았다. 2021년 새해가 밝은 것이다. 큰아들은 며느리의 경험에 따라 공기업의 경력직으로 응시하였다. 사회복지사 1급의 자격으로 1차 시험에 응시하였다. 먼저 합격한 며느리를 스승으로 둘이서 머리를 맞대고 제출한 자기소개서 1차 시험이 몇십 대 일의 경쟁을 통과하는 기염을 토하였다. 2차 시험을 겨우 턱걸이로 합격하고 3차 면접시험에 들어갔다. 단체면접 시험은 5명이 들어가 심사원 2명의 면접을 받아내는 것으로 아슬아슬하단다. 2차 시험의 점수가 그리 높지 않아 합산하여 평균점수로 당락을 결정하므로 섣부른 판단은 이른 것 같다. 3차 시험에 합격하고 4차 면접시험은 개별 면접시험이다. 그야말로 아는 사람이 있으면 옷자락이라도 잡고 싶은 심정일 것이다. 우리는 오로지 하나님께 기도할 뿐이다.

큰아들의 발표일이 다가오는데 아버님의 꿈을 꿨다. 아버지께서 꿈에 나타나 "내가 이제 묶인 매듭을 모두 풀어주마." 하셨다.

"오 하나님 아버지!. 하나님께서 저의 기도를 들으시고 응답하여 주신 것으로 믿고 감사합니다." 좋은 꿈을 꾸었으나 아직 발표일이 며칠 남았다. 기도하고 또 기도하였다. 2021년 7월 1일 목요일. 큰아들의 합격자 발표일이다. 새벽예배 매일 한 장씩 읽어가는 하나님의 말씀은 성경 '시편 81편'이었다.

시편 81편: 우리의 능력이 되시는 하나님을 향하여 기쁘게 노래하며

37. 큰아들과 큰며느리

즐거이 소리칠지어다. 내가 그의 어깨에서 짐을 벗기고 그의 손에서 광주리를 놓게 할 것이며, 네가 고난 중에 부르짖으니 내가 너를 건지고 내가 기름진 밀을 먹이며 반석에서 꿀로 너를 만족하게 하리라.

오전 10시 합격자 발표 시간이 되었는데 소식이 없었다. 1분, 2분, 5분, 9분이 지났다. 까똑! 아들에게 카톡이 왔다. "이재야 님! 축하드립니다!"

『2021년 상반기 ○○공기업 신규채용 최종합격 발표』

큰아들이 합격하였다. 그것도 단번에 합격한 것이다. 1차~4차 네 번의 시험을 거쳐 본인의 실력과 열정 며느리의 응원과 기도로 이뤄낸 성과이기에 더욱 값진 보석이라고 할 것이다.

워커힐호텔에서 상견례 할 때 양가가 마주 앉은 '온달'이라는 한식당의 이름이 우리 집 큰아들을 지칭하나 보다 하니 아내가 실소하며 한마디 한다.

"모두, 하나님의 은혜요, 하나님의 선물이며 하나님의 축복입니다!"

아내는 여러모로 나보다 낫다.

30배, 60배, 100배의 결실

그래도 여기까지 큰아들을 선택하고 믿어준 며느리는 진정 '평강공주'라 이름하여도 조금도 부족하지 않아 '지혜로운 며느리'라고 명명하였다.

큰아들은 다니던 NGO 회사를 퇴직하고 새로운 공기업에 입사하여 근무를 한다. 입사 후 사무실을 방문하니 겉에서부터 번쩍이는 건물이 으리으리하다.

38. 작은아들과 작은며느리

．．．．．．．．．．．．．．．．．．．．．．．．．．．．．．．

　　　　　작은아들이 입대한다고 논산으로 갔다. 2017년 5월 의무경찰을 지원한 것이 합격이 되어 기본교육 받으러 논산으로 가는 것이다.

　아내와 나는 작은아들을 데리고 연무대로 가니 수많은 장정이 모여들었다. 작은아들은 오렌지색 T셔츠를 입고 입대하였다. 왜 오렌지색을 입었느냐고 하니 멀리서 엄마가 잘 보이라고 오렌지색을 입고 입대한다고 한다. 논산의 연무대 연병장은 1980년 내가 입대하던 그때의 연병장과 다름이 없다. 입소식이 끝이 나고 대열이 연병장을 한 바퀴 돌아 군대 막사 뒤로 돌아간다. 나는 이제 눈물이 나지 않는데 아내는 눈물이 고인 눈으로 오렌지색 T셔츠를 입은 아들을 따라가고 있다.

　벌써 하는 사이에 작은아들이 훈련소에서 수료식을 한단다. 무더운 여름에 힘든 훈련을 잘 마친 아들의 수료식에 초청받은 것이다. 큰아들과 아내와 함께 작은아들을 만나러 갔다. 수료식에서도 맨 앞줄 모서리에 있어서 찾기 수월하다. 이제 훈련을 마쳤으니 서울의 어

30배, 60배, 100배의 결실

느 경찰서나 기동단에 복무할 것이라고 한다. 군대를 연기하여 28살 늦깎이 나이에 의무경찰에 지원하여 입대하니 걱정이기도 하지만 서울 시내에서 근무한다니 그나마 다행이다.

　며칠 후 작은아들이 전화가 왔다. 상도동에 있는 전직 대통령 사저 경호하는 중대에 배속을 받았다고 한다. 전직 대통령 사저의 경계를 위하여 경찰 중대 병력이 근무하는 곳으로 경찰기동대나 일선 경찰서보다는 보직이 편한 것이라고 하니 다행이다. 큰아들에 이어 작은아들의 군대 걱정도 해결되었다. 어릴 때부터 기도한 아내의 기도를 하나님께서 들어주신 것이다.

　몇 번의 면회와 휴가를 지나 작은아들이 전역했다. 전직 대통령의 사저 경호 중대에 배치받았다는 소식이 어제 같은데 벌써 전역을 하는 것이다. 작은아들도 의무경찰로 있으면서 고등학교 때부터 형에게 배운 마술 실력을 발휘하여 경찰청장 표창과 부상 손목시계, 경찰 3기동단장 표창 및 포상, 특별 휴가 등 많은 활동과 밝은 성격으로 중대의 상사들에게 인정을 받고 중대원들에게도 환송을 받으며 전역한 것이다.

　2021년 6월 6일, 작은며느릿감이 인사를 왔다. 성은 '손(孫)' 씨란다. 우리와 같은 기독교인으로 어머니는 광장동의 교회에 다니신다고 하며, 아버님은 10여 년 전 하늘나라로 가셨다고 하여 측은한 마음이 밀려온다. 나 역시 그 나이에 어머님을 하늘나라로 보낸 이력이 있어 그 마음의 아픔은 누구보다 잘 알고 있으니 "작은아가, 염려 말아라. 너희 친부와는 하늘나라에서 인사를 할 것이고, 너는 내가 살펴줄 테니 염려 말고 너희끼리 마음 잘 맞춰 살아라."라고 하였다. 외가 쪽은 연로하신 외조모님이 계시고 친가 쪽은 고모님들이 목포에 사신다고 하며 아래로 미혼인 남동생이 있다고 한다.

일식집 긴자의 따뜻한 방으로 들어온 며느릿감은 키가 크고 서글서글한 눈매에 총기가 흐르고 동그란 얼굴에 명랑하고 밝은 성격의 소유자 같아 작은며느릿감으로 훌륭하다. 아내는 안사돈을 잘 아니 이미 마음에 들어 눈으로 나의 의견을 묻는다. 내가 보기에는 밝고 환한 얼굴에 화목한 가정의 많은 사랑을 받고 자라 구김 없이 잘 자란 규수다. 양친이 있으면 좋겠지만 그게 마음대로 되지는 않으나 가정교육이 올바른 집안의 의젓한 아가씨니 누가 마다할 수 있으랴. 대학병원의 건강검진센터에 근무하는 재원이다. 작은아들과 같이 어렸을 때부터 교회에서 자랐다고 한다. 결혼하면 작은아들 부부도 우리와 같이 우리 교회에 다니기로 약속하였다.

어릴 때, "성아!"라고 부르면 뒤뚱뒤뚱거리며 오던 아기가 벌써 청년이 되어 결혼한다니 너무 빨리 커버린 아들이 대견하기도 하지만 야속한 세월은 좀 더 내 곁에 두지 않고, 좀 더 나의 보살핌을 기다리지 않고 이제 둥지를 떠날 새처럼 자꾸 나를 밀어낸다.

30배, 60배, 100배의 결실

「가을이 왔습니다.

시리도록 푸른 하늘과 노랗게 빛나는 은행과 빨간 단풍잎,

내 가슴에 아름다운 시구들이 봄부터 기다리던 손님처럼 다가옵니다.

어릴 적 사랑방 손님이 오래 머물기를 바라던 마음처럼,

이 가을은 우리 곁에 오래오래 손님처럼 계시기를 기도합니다.」

　가을이 가고 오는 2021년 11월 20일, 작은아들의 혼례를 앞두고 코엑스호텔 아시안푸드 레스토랑에서 상견례를 하였다. 안사돈과 며느리의 이모님과 손아래 남동생이 나왔다. 며느리의 외모는 밝으며 성격은 명랑한데 안사돈은 편안한 외모의 조용하신 성격 같았다. 안사돈의 여동생이 사회적으로 활동도 많이 하고 환한 얼굴의 미소와 대화가 며느리의 성격과 비슷하다. 음력으로 해를 넘기지 말고 음력 12월 20일, 양력으로 2022년 1월 22일 토요일에 혼례를 올리고 살림집은 아들과 며느리의 출퇴근을 고려하여 신혼집을 정하였다. 코엑스호텔 로비로 오니 다음 달 다가오는 성탄절을 축하하는 '크리스마스 트리'가 아름답게 빛나는 저녁이다.

　다음 달 작은아들의 결혼식을 앞두고 성탄절이 되었다. 큰아들 내외와 내년에 부부의 연을 올리는 작은아들 예비며느리와 같이 성탄절을 축하하였다.

"Merry Christmas & Happy New Year 2022"

지난해 성탄절과 달리 가족이 늘어 올해는 더 기쁜 성탄절이다!

2022년 1월 22일 토요일 작은아들의 혼례일이 다가왔다. 강남구 청담동 '더 채플 앳 청담(하나님 앞에서 혼인을 맹세하고 약속하는 결혼식을 의미)'에서 결혼식을 올렸다. 우리 교회의 위임목사님을 주례로 모시고 성스러운 예식을 진행하였다. 코로나와 관계없이 많은 하객이 축하하여 주셔서 성대한 가운데 신랑 신부의 인물이 해같이 빛나는 아름다운 예식이었다. 신혼여행은 작은아들 내외 모두의 직장에서 긴 휴가를 배려해 주어 '몰디브'로 10일간 신혼여행을 다녀온단다.

"작은아들과 작은며느리, 너희들의 결혼을 진심으로 축하합니다!"

작은아들을 '자랑스러운 아들'이라고 명명하였는데, 작은며느리는 '은혜로운 며느리'로 명명하였다. 아들과 며느리가 결혼하면 나와 같이 예배를 드리기로 약속한 것이 작은며느리의 공로 같아 하나님의 은혜를 사모한다는 뜻으로 명명한 것이다.

작은아들이 결혼 후 신혼살림을 시작한 얼마 후 작은아들 부부가 저녁을 같이하자고 연락이 왔다. 잠실에서 저녁을 먹고 아들 부부는 월드타워로 쇼핑 가고 나는 오랜만에 올림픽공원을 지나 집에 가려고 핸드폰으로 검색하니 40분 소요된다고 표시되어 설마 하며 평화의 문으로 들어섰다. 1988년 현직에 있을 때 서울올림픽이 개최되어

30배, 60배, 100배의 결실

개막식부터 여기저기 동원된 추억이 있어 감회가 새롭게 다가오고 평화의 광장, 평화의 문, 34년째 꺼지지 않고 타오르는 올림픽성화, 산책 나온 사람들, 자전거와 인라인을 타는 아이들, 봄을 맞은 밤바람이 스쳐 지나가며 행복한 저녁 시간이다.

올림픽 광장에는 아직도 만국기가 펄럭이고 선수들의 함성과 관객들의 응원이 가득한 것 같다. 몽촌 폭포로 접어드니 온갖 조형물이 나를 감싸고 돌아 어느새 함성 가득한 경기장 안의 주인공이 된 듯하다. 얼마 전 음악 공연이 펼쳐지던 아트홀을 지나 경륜장과 핸드볼 경기장, 체조경기장으로 나가니 멀리 우리 아파트 앞 올림픽공원 동문이 보인다. 넘버 원! 엄지 척 동상이 너무 멋있는 저녁, 애플워치가 딱 40분을 지나고 있어 50만 평이 넘는 올림픽공원의 규모가 실감이 난다.

38. 작은아들과 작은며느리

39. 새로운 출발, '따봄이'

　　　　지나간 세월을 돌아보면 천리타향 서울살이에 도와주는 일가친척 하나 없는 빈손의 이방인이 온갖 어려움으로 눈물도 많이 흘렸으나 하나님의 은혜 위에 아들들을 장성시키고 여기까지 왔다. 이제, 두 아들의 안정된 직장과 새 가족이 늘어 두 며느리가 전화하기도 하고 찾아오기도 하여 집안의 분위기가 더욱 화사한 봄날과 같이 나를 즐겁게 하는 새로운 시간이 시작되어 감사와 감사를 드린다.

　봄은 수양버들 가지에서 먼저 온다고 했던가. 매화, 이화, 자두, 살구, 복숭아꽃에 이어 개나리가 봄을 알리고 이에 질세라 벚꽃이 시샘하는 것 같더니 어느새 꽃이 지고 꽃받침이 꽃처럼 피어있다.

　살구가 달리는 것을 보니 시간이 살처럼 달리는구나. 어릴 때 '살구'라는 말만 들어도 입안에 침이 가득한 때가 있었지. 봄에 핀 새하얀 살구꽃이 노랗게 열매를 맺어 꽃처럼 달린 살구를 볼 때마다 어릴 때 입안 가득히 고인 침처럼 행복이 가득하다.

30배, 60배, 100배의 결실

여름이 되어 장모님 입제일이 다가와 온 가족이 참석하였다. 큰아들에 이어 작은아들이 결혼하고 첫 제사다 보니 모두 같이 참석한 것이다. 아들들이 혼인하여 어른이 된 후 처음 '유수지(제례복)'를 입고는 어색한지 신기한지 서로 바라보고 또 외삼촌을 바라보며 웃기만 한다. 너희 외조부모님이 살아계시면 얼마나 의젓하게 보실까 가슴이 아려온다.

어릴 때 외가에 와서 과수원의 사과를 보고 신기한지 저들의 키에 닿는 사과를 앞니로 꼭꼭 깨물고 또 다른 나무, 다른 나무의 사과를 깨물어 놓고 다니더니.

"이게, 어느 짐승이 요렇게 깨물어 기주(상처난 사과)를 만들어 놓았냐?" 하시는 외할아버지의 호통에도 아랑곳하지 않고 다시 땅에 닿은 가지에 달린 사과를 찾아 꼭꼭 깨물고 다니다가 드디어 현장을 잡혀 외할아버지의 허리에 끼어 볼기짝 한 대 맞고 "헤~ 헤~."거리던 외손자들이 장가를 가 '유수지(제례복)'를 입었으니 얼마나 대견하랴. 우리는 유수지 복장으로 하나님께 예배를 드리고 처남들은 제사를 모시는 진풍경이다. 조상들을 모시는 전통은 시대와 종교를 떠나 언제나 새롭게 우리에게 다가온다.

2022년 7월 10일 일요일, 아내의 생일날에 맞추어 우리 가족 여섯 식구가 점심을 먹기로 하였다. 마침 내가 예배 순서의 대표 기도라 큰아들 내외도 우리 예배에 참석하였다. 예배를 마친 후 예약해 둔 곳으로 출발하였다. 식사 시간이 일러 근처 카페에서 생일선물을 드리려 모여 앉았다. 나흘 전에 지나간 내 생일 선물은 작은아들 내외가 준비해 온 벨트를 받고 아내는 큰아들 내외가 준비한 헤어기구를 받았다. 큰아들 내외가 선물을 내놓으며 큰며느리가 쓴 생일편지를 읽었다. 아니 읽으려고 했다.

"앗! 임신!" 앞에 앉은 작은며느리가 소리를 쳤다.

편지의 뒷면에 초음파 사진이 붙어 있었다. 나는 미처 감이 오지 않는데 아내의 눈에는 기쁨의 눈물이 쏟아졌다. 엉엉 소리를 내며 기뻐하였다.

'따봄'이란다. 태명이…!

"할머니, 할아버지 되시는 것을 축하드려요! 내년 2월에 만나요."
"아버지, 어머니 생신 축하드려요. 오래오래 건강하세요. 재야, 은솔, 따봄 올림."

큰며느리가 태의 열매를 가지고 온 것이다. 하나님께서 '따뜻한 봄에 주신 선물'이라는 뜻으로 태명을 '따봄'으로 지었다는 것이다. 정말 생각지도 못한 큰 생일선물을 받은 것이다.

30배, 60배, 100배의 결실

며칠 전 꿈에, 시퍼렇고 큰 바다에서 나 혼자 수영을 하며 '수영이 이렇게 쉬운데 군대에서 왜 수영을 못했을까?' 하며 시퍼런 바다에 혼자 둥둥 떠서 수영하는 꿈을 꾼 것이다.

태몽이란다!

끝내지 못한 나의 숙제 가운데, 큰 바다에서 수영을 잘하는 태몽으로 숙제를 끝낸 것이다.

내년 2월, 우리 집에 새로운 가족이 태어나면 단번에 서열이 바뀌게 된다.

우리 집 서열은 생일로 정하는데, 내가 6월 8일, 아내 6월 12일, 큰아들 9월 21일, 큰며느리 10월 28일, 작은아들 12월 12일, 작은며느리 12월 21일인데, 내년 2월에 태어날 예정인 손주 서열이 1위가 되니 모든 가족의 서열이 한 칸씩 내려갈 것이다.

손자든 손녀든 내년이 기대된다. 내년 2월 26일이 예정일이라니 오늘부터 그때까지 새벽예배에 모두 참석하여 열심히 기도하겠다고 다짐한다.

지난 2022년 7월 30일 안동 출장 다녀오는 길에 듣던 유튜브의 장 목사님께서 "사람이 태어나 책 한 권은 써야 한다"는 말씀을 듣고

39. 새로운 출발, '따봄이'

자서전을 쓰기로 하였다.

"그래, 내가 자서전을 써서 태어나는 손주에게 '첫 선물'로 주리라!"

이제, '따봄'이 17주가 지나니 초음파 속의 움직임도 활발하고, 심장 소리도 엄청나게 큰 소리로 울린다.

"쿵! 쿵! 쿵! 쿵!   쿵! 쿵! 쿵! 쿵!"

끝.

30배, 60배, 100배의 결실

후기
·······

        나는 늘 어머니에 대한 그리움으로 살아왔다. 어머니가 돌아가신 고등학교 2학년, 17세면 어린 나이도 아닌데 왜 그렇게 오랫동안 어머님을 그리워했을까? 그것은 아마도 내가 어머니에게 받은 사랑에 대하여 조금도 갚지 못한 사랑의 빚이 남아있어 그런 게 아닐까?

        이제 어머니에 대한 그리움과 하나님의 사랑에 감사하는 마음으로 자서전을 마치며….

        나의 기억이 생생하게 남아있을 때 이 자서전을 쓰게 되어 다행으로 생각하고,

        무엇보다, 아내에게 지금까지 함께하여 고맙고 사랑한다는 말을 전하게 되어 감사를 드리며,

        아들, 며느리에게 내가 지나온 일생을 들려주고 '가족 십훈'을 남기게 되어 감사한다.

        나의 이 자서전을 어머니의 사랑에 대하여 빚을 갚는 마음으로 어

30배, 60배, 100배의 결실

머니에게 바치며,

　태어나는 손주에게 첫 선물로 드립니다.

　여기까지 오게 하신 이는 내가 아니요, 오직 나와 함께하시는 하나님이시니 하나님에게 모든 영광을 돌립니다.

2022. 9. 5. 태풍 힌남노가 오는 월요일 저녁,
아차산 기슭에서…

가족 십훈(家族 十訓)

. . . .

1. 관직에 나가면 높이 올라가려 애쓰지 마라.
   높은 것은 좋은 만큼 오래지 못하고 낮은 것은 힘들어도 오래갈 것이니라.

2. 관직에 나가면 나를 위하여 재량을 쓰지 마라.
   남을 위하여 쓰는 재량은 많아도 좋으나 나를 위한 재량은 적어도 근심
   이니라.

3. 재물을 위하여 많이 가지려 욕심부리지 마라.
   재물은 힘이 있으나 겸손하여 물과 같이 아래로 흐르느니라.

4. 재물을 위하여 남의 것을 탐하지 말고 속이지 마라.
   재물은 눈이 없어 시키는 대로 하여도 입이 있어 어디서 오는지 말하느
   니라.

5. 명예를 위하여 다른 이의 말을 듣지도 보지도 마라.
   명예는 귀가 있어 다른 이가 말하는 것을 들으니 견지하여 나아 가거라.

6. 명예를 위하여 권세나 재물과 합하지 마라.
   명예는 그 이름만으로 족하나 권세나 재물은 이름이 아니니라.

7. 사람을 위하여 굽게 말하지 마라.
   굽은 것은 부러지나 유한 것으로 휘어지게 함이 사람의 도리니라.

8. 사람을 귀천으로 보지 말고, 대접하기를 주저하지 마라.
   사람을 저울에 달면 경중이 없고, 남의 손님이 되었을 때 가운데 앉으리라.

9. 건강을 위하여 강한 것을 즐기지 말고 적은 것을 탐하지 마라.
   강하고 많은 것은 해로우나 약하고 적은 것은 이로우니라.

10. 가족 사랑하기를 으뜸으로 하고 사랑이 나타나도 부끄러워 마라.
    가족은 나의 거울이요, 나의 쉼이요, 나를 나타내는 척도이니라.